This love is
the most beautiful rain
in the world.

この恋は世界で
いちばん美しい雨

宇山佳佑

這場戀愛是全世界最美的雨

目錄

序章　兩人的死

耳邊傳來雨聲。激烈的雨聲如同擋住去路的沙塵暴。

當我醒來時，不知不覺地茫然聽著窗外的雨聲。消毒水的味道刺激鼻腔，耳邊響起嗶答、嗶答的冷冰冰、聽起來很不舒服的儀器聲。我躺在那裡，抬頭看到發出白光的手術無影燈。

我漸漸瞭解眼前的狀況。

對喔……從那個公園回家的路上，我發生了車禍。六月天空所下的這場梅雨，讓機車輪胎打滑，所以我現在一定在醫院，這裡應該是急診室。

但是她當時坐在我後面。

這麼說來，該不會——

我想要坐起來，卻渾身無力，簡直就像鬼壓床。我勉強轉動眼珠子看向旁邊，隱約看到她仰躺在隔壁病床上。滿是傷痕的臉上流著血，嘴裡插著管子，急診醫生正全力為她做心臟按摩。

她的生命燈火隨時都可能熄滅。
為什麼會發生這種事？眼睛深處發熱，視野漸漸模糊。
我在內心吶喊。
我不想死！我不想這麼快就死！
不管是誰都沒有關係，誰來救救我！
就在這時，不知道哪裡傳來一個男人的聲音。
「你是雨宮誠吧？」
那不是醫生或是護理師的聲音，不可思議的沉重聲音好像直接對著我的大腦說話。
是誰？我費了九牛二虎之力，把頭倒往聲音方向——忍不住驚訝地瞪大眼睛。
一個身穿喪服的男人站在病床旁，就站在我腰部的位置。
他一身筆挺的黑色西裝，用手指碰碰打著溫莎結的領帶，確認有沒有歪掉。一頭自然波浪鬈髮、棕色的眼眸，高挺鼻子下的嘴唇很飽滿。年紀大約三十出頭，溫柔的笑容令人印象深刻。

看到他臉上淡淡的笑容，我立刻察覺他的身分。

啊，原來這就是「接引天使」，但沒想到現實生活中真的有這種不科學的事，而且天使為什麼穿喪服？他的背後沒有翅膀……這種時候，我為什麼還這麼冷靜思考？我要死了啊，我的人生快結束了啊！

我很懊惱，太不甘心了。我還有很多事要做。我們才剛約定，有朝一日，要一起挖起那顆時間膠囊，沒想到……

我咬緊牙關，男人從上方探頭看著我，用清晰的聲音對我說：

「別擔心，你們不會死。」

這是怎麼回事？他的意思是，我們會活下來嗎？

「對，沒錯。」他輕輕點頭。

他似乎可以靠心電感應的方式瞭解我的想法。

「我為你們帶來奇蹟。」

奇蹟？什麼奇蹟？

但是他沒有回答，而是微微動了飽滿的嘴唇說：「好，那走吧。」然後輕輕把手放在我的身體上方。前一刻還很沉重的身體頓時變得像蒲公英的冠毛般輕盈。下一剎那，四周充滿眩目光芒，我的意識好像融化在這片光芒中消失。

第一章　兩人的夢想

想到她的笑容，常常情不自禁流淚。

打開玄關，一踏進家門，她總是帶著可愛的笑容迎接我。她說「你回來了」的時候，聲音中帶著一點鼻音。擁抱時，可以感受到她清瘦的身體和溫暖。每次和她開玩笑，她都會耍性子。她做的菜口味有點重。

有時候，我發自內心覺得，這所有的一切，都是無可取代的幸福。

我希望這份幸福永遠持續，永遠不會消失。這種願望讓我變成膽小鬼，每次想到她，我都會情不自禁熱淚盈眶。

我正在談一場淚水會忍不住流下來的戀愛。

從打工的地方開完會回到家，像往常一樣拉開玄關那道很卡的玻璃落地門。這棟房子已經有五十年的屋齡，很多地方都很破舊，每次都需要很大力氣才能夠打開這道玻璃門。

「你回來了！」屋內傳來活力充沛的聲音，身穿圍裙的女生發出答答答的腳步聲跑出來迎接我。

相澤日菜。她是我的女朋友。

齊肩的棕色頭髮上夾著雨滴形狀的髮夾，輪廓很漂亮的臉笑得變成圓臉，一雙圓滾滾的大眼睛令人印象深刻，五官看起來像少女。從她的外表根本看不出她即將二十三歲，別人搞不好以為她是高中生？不，中學生——這可能有點太牽強了。總之，她本人看起來比實際年齡更年輕。

啊，順便提一下，這是為了自己的名譽聲明，我完全沒有戀童癖，只是因為愛上的女生剛好有一張娃娃臉而已。

「工作辛苦了，你整整熬夜兩天對吧？一定累壞了。」

我坐在門口脫下靴子時，日菜站在我身後，輕輕拍著我的頭。

「是啊，但所長給了我特別獎金，說我動作很快，幫了他大忙。」

「是喔，太棒了，你超厲害。」

「所以我買了這個，『鎌倉世界』的乳酪蛋糕。」

我把原本藏起來的蛋糕盒遞到她面前，日菜笑得露出虎牙。

「你特地為我去買的嗎!?」

「那距離稱不上是『特地』，而且我騎機車。妳之前不是一直說想吃這家的乳酪蛋糕嗎？」

「看看，你好體貼！謝謝你！」

在我站起身的同時，日菜緊緊抱住我。我擔心蛋糕被壓壞，慌忙說著「危險、危險」，在抱她的同時，高高舉起蛋糕盒。

日菜都叫我『看看』，大家都笑說「好奇怪的綽號」，但我很滿意。全世界只有日菜叫我『看看』，每次聽到她叫我『看看』，我就覺得自己是唯一特別的人，感到自豪和開心。

「我今天做了奶油燉菜！是你喜歡的雞肉蕃茄奶油燉菜。」

「我在車庫就聞到香噴噴的味道！啊，我肚子餓了，好想趕快來吃。」

「那你先去洗手。」

日菜把蛋糕盒舉到胸前，呵呵微笑。她的笑容還是這麼可愛。

我拍拍她的頭，走向盥洗室。日菜拉住我的襯衫下襬。

啊，慘了。我忘了。回頭一看，日菜果然生氣地鼓起臉頰。

「你有沒有忘記什麼？」

「對不起，對不起。」

「啊喲，我們不是約好了嗎？回家時也要親親。」

我們之間有「情侶守則」。一天要接吻四次。早安、出門、回家、晚安時都要親親。只要我忘記，日菜就會心情不好。一旦她鬧彆扭，就很難取悅她，這是維持我們同居生活圓滿的重要「肌膚之親」。

我們接了吻。她的嘴唇柔軟，簡直就像棉花糖，很想一口咬下去……我非常清楚，自己說的話有點噁心，但對我來說，和日菜接吻是幸福的象徵。

我們交往即將一年，即使現在，日菜仍然會要求我用旁人看了會感到難為情的方式表達愛意。起初我有點害羞，但現在對像小型犬般黏著我的嬌小日菜愛得無法自拔。雖然我們很窮，但如果論愛情，我們絕對是億萬富翁。

不，說實話，我們在金錢方面很困窘。

我是剛自立門戶不久的建築師，幾乎接不到案子，目前在朋友的設計事務所打工，幫忙畫設計圖、製作模型，勉強維持生計。日菜在七里濱的一家名叫『雨滴』的咖啡館工作，但薪水並不高。我們房租和生活費都各出一半，兩人合力，才能勉強維持生活。我比她年長，老實說覺得自己有點……不，是很沒出息，我希望自己至少有能力負擔水電瓦斯費。

和以前的公寓生活相比，住在這裡減少了經濟壓力。這棟老房子的屋主是日菜的朋友磐田先生，每個月房租只要一萬圓。雖然有點破舊，但住起來很舒服，離車站很近。離這裡最近的車站是江之電的稻村崎站。我並沒有滿足於現狀，很希望可以讓日菜過更好的生活。她無論工作再忙，也都很重視我。我個性很消極，容易受傷，日菜無限積極的性格，不知道曾經幫了我多少次。正因為這樣，為了日菜，我希望可以成為一名成功的建築師。一切都是為了實現我們的「夢想」。

「大人和孩子的交流很困難。圖書館是閱讀的空間，所以必須滿足安靜的要求。但是業主提出的設計方針是『充滿歡聲笑語的熱鬧空間』，如果無法同時發揮作為圖書館的功能，和人們交流、休憩空間這兩大功能，就無法滿足應徵的條件。」

我們坐在餐桌旁時，我熱心地向日菜說明目前投入的建築設計競圖情況。

那是即將在鎌倉市內新建的市立圖書館分館設計競圖。圖書館的總建築面積五百平方公尺，必須設置雜誌．報紙區、以繪本為中心的童書區、一般圖書開架區，以及成為交流空間的咖啡廳。設計方針必須滿足①接納任何人的親切設施、②對環境有貢獻的設施、③充滿歡聲笑語的熱鬧空間等這三項要求。

參加者的條件，成為這次競圖的魅力之一。『限三十五歲以下的年輕建築師』這項條件，對我來說簡直就像在做夢。通常這種競圖都需要提出之前的作品，像我這種菜鳥甚至沒有資格站在起點。這次應業主強烈要求「希望讓日後能夠帶領建築界前進的年輕才華，和鎌倉這個古都結合，努力打造一個新城市」，所以完全不要求參加者提出之前的作品。報名截止日在下個月，只要在六月十五日前寄出都有效。將設計方案歸納在一張A2紙上，然後用郵寄的方式寄給主辦單位，只有進入決賽者的名字才會公布在官網上。將由鎌倉市長、教育委員會，以及三年前設計了該圖書館本館的建築師真壁哲平擔任競圖的評審。

真壁哲平——他正是點燃我對這次競圖熱情的理由。

真壁哲平是目前業界最受矚目的建築師之一，從三十歲出頭開始，就曾經設計了許多民宅。他建造的房子不追求豪華，卻能夠最大程度考慮到居住者的人生和生活，是屬於工匠風格的建築師。他向來對高樓和商業設施不屑一顧，以建造「人類居住的建築物」為理念，充分思考的便利性，和大自然共存，以及以居住者的心情為優先考量的人性化設計，甚至可以為人們帶來感動。他以前以設計透天民家為主，但在四十五歲之後——他目前五十三歲——開始參與托兒所和圖書館這些「人類聚集場所的建築」的設計，拓展了作品的範圍。

我喜歡真壁哲平建造的建築物。不，不只是喜歡而已，我把他視為榜樣。他設計的建築雖然樸實，但細節經過深思熟慮，充滿靈魂，看了就忍不住發出驚嘆。真希望有朝一日，我也能像他一樣，設計出那樣的房子……我一直、一直這麼想。

真壁哲平是我心目中的英雄，所以我直呼其名，就好像我們在叫假面超人或是超人力霸王時，也不會在後面加上「先生」這兩個字一樣。

「妳看這個，這是真壁哲平設計的『藤澤住宅』。」

我拿出刊登他作品的舊建築雜誌給日菜看。

「那是他三十五歲時建造的房子，建地面積雖然很狹小，卻可以打造出這種開放的感覺，妳不覺得簡直就是魔法嗎？妳看這裡，是不是覺得他超厲害？」

「看看，要不要先吃燉菜？」

「啊，還有這個！」我又在桌上攤開另一本雜誌，「這就是我目前在設計的圖書館本館，這裡也很厲害，圖書館的採光方式簡直一絕。」

「欸，燉菜都冷掉了。」

「我認為分館的採光方式是重點。啊，對了！可以讓陽光從頂樓的天窗照進來，然後透過樓梯井採光，如此一來，在交流室內的小孩子就可以在陽光下玩耍嬉戲。」

我在桌子角落的小素描簿上畫起草圖，小孩子在從天窗照進來的陽光下玩耍的情景。

「不過呢，如此一來，就要考慮下面樓層的隔音問題——」

「啊喲！看看！」

「啊？」我把筆抵在太陽穴上抬頭，發現日菜怒目圓睜。

「奶、油、燉、菜！都冷掉了！」

我又闖禍了！我慌忙吃一口奶油燉菜。

「你熱衷建築是好事，但不要把我拋在腦後，你最近很忙，我很寂寞，原本打算今天可以和你聊很多事……」

她好像章魚一樣噘著嘴鬧彆扭。

「對不起，對不起，那我們吃完飯後好好聊一聊，飯後我來泡咖啡。」

「你泡咖啡？你真的能泡出好喝的咖啡嗎？」

日菜眯眼表示懷疑，我自信滿滿地拍著胸脯。「交給我吧。」

晚餐後，我們喝著可惜泡得不太好喝的咖啡，吃著買回來的美味乳酪蛋糕，聊了很多家常瑣事。日菜開心地和我分享這兩天發生的事，她可能想和我說很多事，內心有點焦急，有時候甚至忘了呼吸，有點喘不過氣。我很在意競圖的事，因為還沒有確定設計方案，內心很著急，只不過日菜說得興高采烈，於是就多陪她一下。

最後我們一直聊到將近半夜十二點，她說話說累了，在沙發上睡著。「這樣會感冒。」即使我搖她，她也沒有醒來。日菜一旦睡著，就會一覺到天亮，這算是她的特徵。

真是拿她沒辦法。我擔心她著涼，把毛巾被蓋在她身上。她的口水流了下來，我用小毛巾幫她擦擦嘴角。然後摸著她的頭說：「好乖，好乖。」日菜的頭髮很清爽，摸起來很舒服，我總是忍不住摸很久。

不一會兒，聽到下雨的聲音。我看著敞開窗戶外的小院子，雨水滴落在日菜種的蕃茄和小黃瓜的葉子上，好像在跳舞。

我以前討厭下雨，但現在不一樣了。我現在喜歡這樣看著雨。因為遇見日菜，我才懂得欣賞下雨。那一天遇到日菜之後，徹底改變了雨在我內心的意義。

我是在『雨滴』認識日菜的。第一印象覺得她是可愛的店員，但當時對她並沒有戀愛的感情，只是單純覺得她很可愛。

櫻花季的一個下雨的午後，原本單純的想法變成了愛。

我坐在『雨滴』的店內深處。玻璃窗戶外，是被無花果、檸檬和枇杷等常綠樹包圍的大庭院。庭院內鋪著修剪整齊的草皮，紅瓦小徑穿越其間，勾勒出和緩的曲線。庭院角落有一個小型花圃，紅色、白色和黃色的鬱金香被雨水打得垂下頭。

我坐在窗邊的座位，怔怔地望著下在庭院中的雨，然後用閒聊的口吻，對著正在收拾旁邊桌子的日菜說了句「下雨真討厭」。

沒想到她問我：「你討厭下雨嗎？」

「我想每個人都討厭下雨吧。衣服會被淋濕，空氣濕答答的，心情也會跟著憂鬱起來。」

「嗯。」她用食指抵著下巴，「但是我喜歡下雨。」

喜歡下雨？這是怎麼回事？

「雨天不是可以撐傘嗎？我上次買了一把新的雨傘，是藍色圓點圖案的折傘，超可愛，所以我很期待下雨。」

她的雙眼發亮，簡直就像是陽光照亮的雨滴。

因為可以使用喜歡的雨傘嗎？原來是這樣。向來都用塑膠傘的我很難想像。

「而且雨水是有人想著心愛的人所流下的『愛的淚水』。」

「愛的淚水？」

「嗯，和泉式部有一首這樣的和歌。」

她清清嗓子，告訴我那首和歌。

瀟瀟淅淅五月雨，卻是思君愛之淚。

「這首和歌是什麼意思？」

「你認為這場雨只是和普通的雨無異的梅雨嗎？這場雨是我思念你的『愛的淚水』。」

我忍不住露出笑容，「好美的和歌。」

「對不對？」她也跟著笑了，「自從我知道這首和歌之後，就很喜歡下雨。」

喜歡下雨的人……我由衷地覺得很美好。

她注視窗外雨景的側臉，讓我不知不覺愛上了她。

所以現在每次下雨，我都會想起愛上日菜的那天。下雨讓我回歸初心，提醒我必須好好珍惜她，要實現我們的夢想。

我希望有朝一日，可以為日菜蓋一棟房子。那是我的夢想、我們的夢想。為了實現我們的夢想，我無論如何都要贏得這次競圖，我必須藉由這次競圖，打響自己身為建築師的名號。

凌晨一點。我用力伸了一個懶腰，在客廳旁的書房繼續思考設計方案。現在無暇理會睡意。我必須努力。

我聽著溫柔的雨聲，用鉛筆在素描簿上畫不停。

大海在早晨新鮮的陽光照射下閃著粼粼波光。

每天騎腳踏車去『雨滴』上班途中，都會停車眺望湘南的海。

今天也要好好努力！讓我產生這種想法的瞬間，是我重要的寶物之一。

過了江之電的七里濱車站，就可以看到鐵軌旁的階梯。我把腳踏車停在藍色外觀的公寓前，沿著和緩的階梯上樓。草木茂密的狹窄階梯彷彿是通往異世界的隧道。

階梯的盡頭是一條坡道，聽著遠處的海浪聲緩緩前進，就可以看到『雨滴』出現在眼前。據說這家店二十年前就在這裡了，但外觀完全沒有老舊的感覺，小木屋風格的房子和加拿利海棗樹為特徵的整體感覺很別緻。

推開齊肩高度的木門，走在通往咖啡店的紅磚道上。隨著一陣牛鈴聲走進店內，檜木的溫柔香氣撲鼻而來。

店內很寬敞，有五張桌子，和一張用整塊木板做成的吧檯。天花板上裝著吊扇燈——清理起來很辛苦，我很討厭。咖啡店後方有個庭院，露台上有四個露天座位。店內使用的桌椅全都是『Hephaestus』這個品牌的商品，看看曾經稱讚說：「品味真好。」客人也都說坐起來很舒服，深受好評。

但是，我有一個小小的疑問。這家咖啡店老闆緣姊的個性很懶散。啊，緣姊是她的綽號，她的本名叫大石緣，但大家都叫她『緣姊』。光看她的名字，很少人能夠把緣這個字正確讀出『Yukari』的發音，十之八九會誤讀成『En』。

緣姊對任何東西都沒有絲毫的執著，為什麼會買這麼有品味——而且價格還很昂貴——的桌子和椅子？該不會是她前男友喜歡的？她在開這家店時，受到當時交往的男友影響？好，我今天一定要問她一下。

我在店後方的倉庫兼員工休息室俐落地換衣服，換上黑色短袖T恤配半身圍裙的簡單制服。

打開老舊音響的開關，開始播放音樂。店裡的背景音樂大部分都放西洋老歌或是爵士樂。我從倉庫裡找到這些積滿灰塵的CD，這應該也是別人的CD吧？我認為應該不是緣姊喜歡的音樂類型。她從來不聽西洋音樂，她只對『南方之星』有興趣。

我聽著八〇年代的舞曲掃地，然後開始準備午餐的食材。午餐供應三種餐點。今日特餐的『檸檬醋醬豬肉佐五彩蔬菜定食』和『土魠魚西京燒定食』，以及本店招牌的『雨滴特製豆漿焗烤』。決定每天的菜單是我的工作，緣姊很怕麻煩，都不管午餐的事。每天想午餐都要絞盡腦汁，但午餐是『雨滴』的最大賣點，分量十足，而且健康養生，除了女性客人，上了年紀的長輩、上班族和做體力活的工人都很喜歡本店的午餐。

我正在切從鎌倉蔬菜直營所買回來的厚實彩椒時，牛鈴發出「噹啷噹啷」的聲音，隨即聽到一聲慵懶的「早安」。緣姊終於來上班了。雖然她似乎睡眠不足，臉有點浮腫，但她是五官很標緻的黑髮美女。她最近常抱怨，因為每天晚上都去喝酒，皮膚越來越沒有彈性。我覺得她根本是自作自受。

「妳看妳，昨天又喝到很晚嗎？」

「才不是昨天，而是喝到今天早上。」緣姊好像癱倒似地趴在吧檯上。

「妳再不節制點，小心身體出狀況。」

「那為了避免我身體出狀況，妳幫我調一杯每次給我喝的那個。」

我無奈地放下菜刀，走向面對庭院的露台。那裡有好幾盆香草植物擠在層架上，綠色的葉子在朝陽下閃著光。所有的香草植物今天也都活力充沛。「等一下來幫你們澆水。」我對著它們說話，摘下幾片薄荷葉，加了蜂蜜，泡成薄荷茶。

緣姊怕燙地喝著剛泡的薄荷茶，用沙啞的聲音嘆著氣說：「啊，我的肝在歡呼。」她有點口齒不清的說話方式就像是少女，感覺很可愛。

「日菜，妳泡的薄荷茶最棒了。」

「被妳稱讚當然很高興，但是……」

「但是什麼？啊，妳又要對我說教嗎？妳是不是要說，希望我有身為店長的自覺？」

「妳說對了。」我雙手扠腰，抿嘴看著她。

「我的字典裡完全沒有自覺這兩個字，而且我對這家店也沒有愛。」

「既然這樣，妳為什麼會開這家咖啡店？」

「嗯，為什麼呢？這麼久遠的事，我已經忘了。」

啊，機會來了。我把手撐在流理台上，探出身體。

「該不會是妳的前男友說：『緣，我們一起來開咖啡店』？」

「什麼跟什麼啊。」緣姊雙手捧著杯子，呵呵笑了起來。

「因為這家店的內部裝潢，還有桌子、椅子的品味都很好，我一直很納悶。妳個性懶散、大剌剌的，不像是妳會做的事，我就在猜，會不會是妳前男友的品味——該不會被我說中了？」

「不需要提醒我個性懶散和大剌剌，即使挖四十四歲大嬸的往事，也挖不出什麼好事，而且我身邊已經很久沒男人了。」

「啊？我認為妳很有異性緣，妳竟然沒有男朋友讓我感到很不可思議。」

「要不要告訴妳我最後一次接吻是什麼時候？已經是二十世紀的事了。」

緣姊用一雙細長的眼睛瞪著我。

我得意忘形了。緣姊討厭別人窺探她的隱私，我高中畢業後，進入這家咖啡店工作已經四年左右，她從來沒有向我提過她的戀愛故事和私生活。聽老主顧說，她剛開這家咖啡店時情緒很不穩定，我不太能夠想像歇斯底里的緣姊，但獨自經營一家店應該很辛苦。

緣姊看到我在反省，噗哧一笑。

「當初開這家店和男人無關，可能是過去的我想說開一家咖啡店也不錯，因為我應該不會結婚。」

「啊，妳沒想過要結婚嗎？」

「當然有過一兩次這種念頭，而且我還曾經在喝醉酒時，在衝動之下買了婚紗。」

「喝醉酒衝動之下買婚紗!?」

「對啊對啊，有一天發現衣櫃裡有一件婚紗，我當然大吃一驚，猜想應該是喝醉酒之後買的。」

喝醉酒，衝動之下買婚紗……

緣姊果然有點……不，是相當奇特的人。

午餐時間的『雨滴』宛如戰場。很多客人都會來店裡吃午餐。只有我一個人在吧檯內側的廚房內忙進忙出，客人點的餐和飲料，全都由我一個人張羅。一直拿著平底鍋的手臂都快斷了。

「日菜，四桌點魚定食和焗烤，飲料是檸檬紅茶和冰咖啡。六桌點今日特餐，飲料是滴漏咖啡，要深焙喔。」

緣姊負責點餐，但我實在太忙了，希望她來幫一下忙。

「呃！我忙不過來，可以請妳幫忙準備飲料嗎!?」

「對不起，我堅持『不調飲料主義』。」

不調飲料主義是什麼!?唉，她絕對只是怕麻煩而已！

「日菜，可不可以趕快幫我出餐！」

「要多給我一點小菜作為招待！」

「對不起！再等我一下下！」

我快哭出來，大聲叫了起來，老主顧都笑了。大家看到我忙得團團轉都很開心。可惡，我不能輸！

下午兩點過後才終於忙完一個段落。雖然和週六、週日相比，已經算比較輕鬆了，但這天真的很忙。在洗完堆滿流理台的碗盤之前無法吃午餐，如果我不趕快洗完，桌上的焗烤就會涼掉。

「不愧是日菜，今天的焗烤也超好吃。」

緣姊已經坐在吧檯前吃了起來。

「聽到妳的稱讚當然很高興，可是……」

「可是什麼？妳又要對我說教嗎？」

「不是，妳可不可以幫忙一起洗碗？」

「嗯，還是算了。」

妳來幫一下忙啊！我把內心的怒氣發洩在平底鍋上，沒想到手一滑，平底鍋掉在地上。鏘噹的聲音響徹整家店。哇，闖禍了……我扮了個鬼臉。

「搞什麼？還是這麼笨手笨腳！」

這個聲音——我看往門的方向。

「別說我笨手笨腳。」我嘟起嘴。

「少囉嗦，無論怎麼看，妳就是笨手笨腳啊。」
穿著燈籠褲的棕髮年輕人露齒笑著說，他身材魁梧，肌肉飽滿，挽起的袖子下露出粗壯的手臂。畑中研，他是我的小學同學，我們從小一起長大。
「午餐時間已經結束。」我故意討人嫌地說。
「這裡不是有焗烤嗎？看起來很好吃啊。」
阿研說完，飛快走向我的焗烤。
慘了！要被他吃掉了！我慌忙從吧檯內衝出來，但已經晚了一步。阿研拿起湯匙，以驚人的速度開始吃。
我可以聽到焗烤在哭泣——「我不想被這個滿身臭汗的男人吃掉！」
「那是我的焗烤！還給我！」
我想要搶回焗烤，但他的大手按住我的臉，讓我動彈不得。
「還給我！快被你吃光了啦！」
「少囉嗦！再讓我吃幾口！」
「不、要！還給我!!」
我實在太不甘心，忍不住咬了他的手掌邊緣一口。

「好痛！妳幹嘛！會沾到妳的口水！」

阿研慌忙鬆手，我趁機成功搶回焗烤。

太好了，還剩下一半。焗烤君，對不起。

「我說阿研，你是不是打算偷舔日菜留在你手上的口水。」

緣姊震撼的發言讓我把送進嘴裡的焗烤噴出來。

「偷、偷舔!?也太噁心了吧！不要！千萬不要！」

「啊啊啊啊!?我怎麼可能去舔！」

「但是、但是，阿研，你不是喜歡日菜嗎？」

「啊啊啊啊啊啊啊！怎麼可能嘛！」

「看吧看吧，你緊張成這樣，根本不知道自己在說什麼，你的耳朵紅得像明太子！」

「不可能！誰會喜歡這種矮不隆咚的笨女人？」

「喂！笨女人是什麼意思！什麼叫笨女人！」

阿研這個人很惡劣，經常這樣口不擇言地欺負我，從小就一直這樣。他目前在老家開的『畑中工程行』工作，脾氣已經比之前收斂許多，他以前是超級不良少年。讀高中的時候，曾經用電鏈鋸把老師的車子鋸成兩半，被學校退學，是如假包換的不良少年。

話雖如此，但其實他這個人並不會惹人討厭。

「喂，日菜，妳趕快去做點什麼給我吃。」阿研催促著，我只好用剩下的食材幫他炒了一盤蔬菜炒肉。他轉眼之間就把滿滿一大碗飯和味噌湯吃得精光，簡直就像是吸力超強的吸塵器。看他吃飯的樣子很暢快。

阿研吃完飯後匆匆站起來，「謝謝款待。」

「幹嘛？太冷淡了吧，你該不會在生氣？」

「哪有。」

「你果然在生氣。啊，是因為緣姊說的話？我知道，你根本不可能喜歡我，你喜歡的是巨乳。別擔心，別擔心，我不會當真。」

「笨女人，不要把我說成是色情狂！我只是——」

「只是什麼？」

阿研咂著嘴，靦腆地遞給我一個紙袋。

「這是什麼？」

「啊？今天不是妳的生日嗎？二十三歲的生日，不會忘了吧？」

「該不會是特別買給我的禮物？」

「呿，當然不是啊，笨女人！今天做工的地方剛好有一家雜貨店，我又剛好想起是妳的生日，就剛好買了！少得意忘形，笨女人！」

「是喔，你這個人還不錯嘛。」

我露出不懷好意的笑容探頭看著他，他羞得連耳朵都通紅。

「我懂了，我懂了，你拿這個給我有點害羞，對不對？你這個人還滿可愛的嘛。」

「妳這個人很煩欸！我放在這裡喔！」

阿研把紙袋和午餐費一千圓放在吧檯後，匆匆走出去。

阿研送我一個馬克杯，上面畫了一隻好像飯糰般的貓，是一只很可愛的馬克杯。我想像阿研買這個杯子時的情景，忍不住笑了起來。他一定很害羞地對店員說：「喂！趕快幫我包起來！」他的這種個性讓人沒辦法討厭他。

我傳了電子郵件給阿研。『謝謝你，我一定會好好使用^-^』。

咖啡店六點半打烊，收拾完之後，通常七點就可以回家。有時候沒什麼客人時，緣姊也會心血來潮提早打烊。

「這個給妳。」臨走的時候，緣姊也給我禮物。那是我一直很想要的鋒利菜刀。上次在電視購物看到之後，就一直猶豫要不要買。

「即使和男朋友吵架，也不可以用這把菜刀攻擊他喔。」

「怎麼可能？我才不會呢。我會用這把刀做好吃的菜給看看吃。」

「對了，他為什麼叫『看看』？我一直覺得這個綽號很奇怪。」

「咦？我沒有告訴過妳嗎？他第一次來這家店時一直東看看西看看，樣子很可疑，也很滑稽，所以我就在心裡偷偷叫他『看看』，在我們開始交往之後，我也繼續這麼叫他。」

「這樣啊，他當時一定在看妳。」

「啊，好害羞喔，也許是耶。喔喔喔，原來看看是在看我，呵呵呵。」

「妳可以不要在已經變成明日黃花的大嬸面前曬恩愛嗎？我聽了會很火大。」

緣姊語帶挖苦地笑著說。

「對不起……」我縮起肩膀。

因為是我的生日，遇到的人都送了我禮物。回家路上去蔬果店時，得到一箱蔬菜；魚店送了我當令的竹筴魚，肉店送我可樂餅，花店送給我一束花。當我回到家時，腳踏車的籃子裡裝滿東西。那麼多人為我慶祝生日，簡直太高興了。藉由『雨滴』建立的這些人際關係，是我很重要、很重要的寶物。

我「嘿喲」一聲，抱起成堆的禮物，用指尖用力拉開玄關的玻璃門。但那道門很卡，遲遲打不開。門沒有鎖，看看應該在家，我叫了一聲：「看看，來幫我拿一下東西。」但等了很久，他都沒有出來。

咦咦咦？怎麼回事？他是去便利商店嗎？

看看在書房內眉頭深鎖。他似乎卡關了。「我回來了。」我向他打招呼，他只是簡短地「嗯」一聲。他在專心思考時，每次都這樣。

真是拿他沒辦法。那我就開始準備晚餐——嗯？等一下，他該不會忘了我的生日……不不不，應該不可能，不可能有這種事。這可是女朋友的生日，怎麼可能不記得？

過了一個小時，看看還是完全不理我。我坐在客廳的沙發上目不轉睛地觀察著他，他還是抱著頭。看來他忘記我生日的可能性相當高，這件事讓我有點心浮氣躁。

「咳咳！」我故意咳一下，但他完全沒有看我一眼。

好啊，既然你豁出去，那我就要生氣了，你準備好要接招了嗎？

我要大發雷霆。我用力吸一口氣——不，還是算了。他難得在專心思考，打擾他不太好。對他來說，目前是重要的時期，有可能獲得嚮往的建築師認同的大好機會就在眼前，要求他「幫我慶祝生日」未免太自私。

但是，我好寂寞，我希望他注意我。

好，那我就用念力！注意我……注意我……注意我！

但他完全都沒有注意到我。我輸了，把臉埋進沙發。

唉……今天不光是我的生日而已。

同時也是我愛上看看的「戀愛紀念日」。

一年前的六月六日——我愛上了他。

前一刻還晴朗的天空突然烏雲密布，然後瞬間下起雨的午後。他坐在『雨滴』窗邊的座位，一臉嚴肅地看著窗外，好像在觀測下雨的狀況。

嗯，果然今天也很帥。我在補充咖啡豆時偷瞄他想道。

他的鼻子很挺，五官很精緻，簡直就像玻璃工藝品。也許是因為皮膚很白，簡直吹彈可破，所以有點陰柔的感覺。但他用力推著黑框眼鏡的手指下方，手背冒著青筋，散發出難以形容的男人味。

他最近經常來店裡，漸漸引起我的注意。他渾身散發出的藝術家感覺和消瘦的外形算是我喜歡的類型，不對，應該是我相當喜歡的類型。他身上的深藍色西裝配卡其色棉長褲很好看，散發出淡淡柔軟劑的香氣感覺很不錯。

店內沒有其他客人，緣姊也不在，只有我和他兩個人。雨聲淹沒了周圍所有的聲音，和他單獨在同一個空間內，彷彿全世界只剩下我們兩個人，讓人忍不住緊張心跳。

「請問……」看看望著我，神情緊張。

他的表情讓我一驚，「有、有什麼事？」我說話的聲音也變尖了。

他看向窗外，用顫抖的聲音對我說：

「如果我說，這場雨是我下的，妳會笑嗎？如果我說，這是為了思念妳而下的『愛之淚』……」

我幾乎被他眼鏡後方那雙濕潤的眼眸吸進去，我想要說什麼，卻完全說不出話。

「——聽了一定很傻眼吧？請妳忘了我剛才說的話，哈哈哈……」

他害羞地摸摸腦後的頭髮，似乎為自己前一刻的發言感到後悔。

哇哇哇！怎麼辦！我並沒有傻眼！只是被嚇到了！我必須告訴他！呃，呃……咦？但是他剛才的話——

「你剛才那句話，該不會……是告白？」

他的臉漲得通紅，然後低下頭，用幾乎被雨聲淹沒的聲音嘀咕。「是啊。」

我不知道該怎麼回答，頻頻點著頭。「這樣啊，果然是這樣啊。對不起，問你這麼奇怪的問題。原來是這樣，原來是這樣。」我全身發燙，用手掌擦著噴出的汗，但是汗流不止，整個人好像變成了一條濕抹布。

告白嗎？我仔細玩味著這句話，笑得合不攏嘴。

「妳一定覺得很困擾吧？」看看抬眼看著我。

「哪、哪有！我高興啊！有點高興！」

「……有點高興？」

「啊，不是，也不是有點高興，頗高興？相當高興？到底該怎麼說？」

我用力抓著臉頰，然後鼓起全身的勇氣說：

「我很高興……」

我瞥了他一眼，發現他笑得整張臉都皺成一團。看到他的笑容，我彷彿聽到心花怒放的聲音，從那裡流出酸酸甜甜的感覺擴散到全身。

然後我意識到，啊，我現在墜入了愛河。

去買菸的緣姊回到咖啡店，他害羞地拿起咖啡杯，把頭轉到一旁。雖然他假裝什麼事都沒有發生，但他拿著杯子的手微微發抖。他的樣子讓我覺得很可愛。

幸好下了這場雨……我在內心對這場突然下起的雷陣雨說「謝謝」。

一個月之後，我們正式開始交往。

「——日菜，趕快起來。」

當他搖著我的肩膀，把我叫醒時，時鐘已經指向十一點。看看終於注意到我。「終於醒了。」他帶著笑容。他似乎搖了我很久，我才醒過來。但他想起今天是我的生日嗎？我的生日只剩下一個小時，就要結束了。要不要主動告訴他「今天是我生日」？但我猜想他應該沒有準備禮物，他一定會很自責。如果因為這件事妨礙他的設計……

「我先去洗澡。」我掩飾著內心的想法說道。

「啊，等一下！」

回頭一看，看看緊張地吞吞吐吐對我說：

「那個、我們要不要去散散步？」

「啊？但外面在下雨啊。」我指著庭院內的小雨說。

「嗯，就是在下雨，所以才想出門啊。」

我聽不懂他這句話的意思，歪著頭納悶，他拿出藏在身後的紅色雨傘。

「這該不會……」

「嗯嗯，妳的生日禮物。雖然也可以買現成的，但我想親手做給妳。只是我陷入了苦戰，妳回家的時候，我才做到一半。看到妳睡著，我慌忙繼續做……對不起！做得很匆忙，所以有點醜。」

他把雨傘遞到我面前，可憐兮兮地垂著眼尾笑了。

我又驚又喜，淚水忍不住流下來。

「啊⁉為什麼哭⁉」

「因為！因為我以為你忘了我的生日！真是的，既然記得，就該說一聲啊！」

「說了不就沒有驚喜嗎？」他呵呵一笑。

「雖然是這樣，但我剛才很不安啊。」

「對不起。」看看說著，撫摸著我的頭。「日菜，在妳生日結束之前，要不要去散步？」

「嗯！」我看著他的笑容，用力點頭。

出了家門，我們走去海邊。住家周圍都是小路，而且錯綜複雜，簡直就像迷宮。我們沿著石牆，從和緩的坡道走下去，很快看到江之電的鐵軌。平交道的燈閃著紅光，噹噹噹的警鈴聲很悅耳。我們目送緩慢行駛的末班車遠去後，再度邁開步伐，來到一三四號國道。

我們依偎在紅色雨傘下，聽著海浪聲，沿著海邊的國道前進。今天的雨很溫柔，像細絲般的雨從大空筆直落下，淋濕了這個世界。聽說這種雨稱為『絲雨』。雖然我不太瞭解雨的名稱，但看看有時候會和我分享這些事。

他親手為我做了雨傘讓我欣喜不已，從剛才就忍不住一直抬頭看。他不愧是建築師，平時要製作模型，所以手很靈巧。會做雨傘的男生可以加很多分，而且他還知道我愛傘成癡，這讓我內心的喜悅倍增。嗯嗯，他很會抓重點。

「會不會重？要不要我來拿？」

「不會，我想拿。」

「是嗎？那不好意思，妳可以用右手拿雨傘嗎？」

「為什麼？」

「牽手。」看看靦腆地伸出右手說。

「呵呵，原來你想和我牽手。真是拿你沒辦法，但我用右手拿傘，你就會被雨淋到。」

「沒關係，即使這樣，我還是想和妳牽手。」

我把雨傘換到右手，他立刻溫柔地握住我的手。他的手光滑而溫暖，我很喜歡他的大手。我們十指緊握，聽說這種戀人牽法還有另一個名字，叫做『貝殼牽法』。我相信每個人都在尋找，尋找在世界某個地方的另一半貝殼，尋找和自己完全吻合的另一半。

「以前，我媽媽曾經告訴我，每個人的手都有各自的使命。手除了碰東西、拿東西以外，還被賦予了那個人該做的事。所以媽媽就問我，日菜，不知道妳的雙手有什麼使命，真希望妳可以找到。」

至今每次想起媽媽，仍然會難過。雖然我平時努力不去想，但在生日的時候，就會稍微想一下。

在我讀小學五年級時，媽媽跟著別的男人跑了。她的雙手不再為我和爸爸而存在，而是給了其他人。每次這麼想，就感到難過，所以我總是把關於媽媽的記憶藏在內心深處，避免自己被悲傷的情緒吞噬。

「日菜，妳現在仍然想要見到媽媽嗎？」

「我不知道，以前很想見她，但現在可能沒那麼想了。」

「但是，對妳來說，妳媽媽是唯一的親人……」

「沒關係，沒關係，因為我——」

我用力握住他的手。

「因為我已經有你了。」

他也回握我的手，好像捧著我的心。小心翼翼，又很溫柔。

一股暖流流進內心，悲傷的心情像雪一樣融化。

好幸福……我希望永遠、永遠和他在一起。

他的手好像有魔法，讓我產生這樣的想法。

「啊！」看看慘叫一聲，「漏雨了……」

雨水滲進傘布，滴滴答答地滴下來。

「啊？怎麼會這樣！我還以為自己做得完美無缺。」

看看垂頭喪氣。他的樣子很好笑，我忍不住笑了。

「一點都不好笑，如果不趕快回家，會被雨淋濕。日菜，趕快回家。」

看看牽著我的手開始跑。

我再度握住他的手。用力、很用力地握著。

從今以後，到死為止，永遠永遠都不分開。

六月十五日——今天是截止日。命運的時刻終於到了。

我一直趕到最後的最後，直到深夜十一點四十分才出門。日菜看到我睡眠不足有點擔心，所以也陪我一起去郵局。不知道能不能在十二點之前趕到郵局。如果無法蓋到今天的郵戳，至今為止的努力全都白費了。

我去停車場停機車時，日菜戴著安全帽，抱著裝了競圖設計案的紙筒直奔郵局。

「啊啊啊啊！有什麼關係嘛!!」

當我慢一步來到夜間窗口，聽到她的叫聲響徹整條走廊。

日菜臉色蒼白，向窗口探出身體。郵局人員坐在窗口內，堅決地搖搖頭。牆上的時鐘指向十二點整，我們似乎只差一步沒趕上。但我絕對無法接受只差一分鐘就無法參加競圖，我們兩個人一起對著郵局人員鞠躬好幾次。「拜託！」

「你看！我的時鐘現在才十一點五十九分！」

日菜哭喪著臉，拿著智慧型手機，但郵局人員還是堅持「這是規定」。

「如果你不幫我們蓋郵戳，我就在這裡咬舌自盡！」

日菜打算咬舌，我慌忙用手按住她的下巴。

「不行！即使咬舌頭也死不了！那只是都市傳說！妳把舌頭咬下來，最多只會口齒不清！」

「那我把咬下的舌頭交給郵局先生！但請你幫我們蓋六月十五日的郵戳！」

郵局人員終於被日菜的執著打動，為我們蓋了郵戳。

日菜用力咬舌頭，流了血，鮮血從嘴角滲出，但她仍然很高興。多虧了她，我度過了人生最大的難關。

隔天我久違地睡到中午，連續熬夜數日，疲勞仍然留在身體深處，但心情已經比昨天舒暢多了。今天的天空一片晴朗，好像在呼應我的心情。梅雨季節即將結束的五月晴空，讓心情飛揚起來。

如果能夠進入決賽，就必須在評審面前做簡報。終於可以見到真壁哲平了。我坐在簷廊上，看著天空，下定決心。

「看看，讓你久等了。」日菜去二樓臥室換好衣服後走回來。

她一身夏日裝扮，藍色的無袖襯衫搭配白色牛仔褲。可能因為很久沒有出門，所以她精心打扮，連化妝都無懈可擊。「咦？今天怎麼這麼可愛？」我開玩笑說，日菜鼓起單側臉頰問：「今天？不是每天都可愛？」

「對不起，妳每天都可愛。」

今天我有一項重要任務，要重新為日菜買生日禮物。雖然她微皺著眉，一臉歉意地說：「不必特地去買。」但用會漏雨的傘當作她的生日禮物未免太可憐了，於是我們騎機車前往鎌倉車站。

我買了她以前就很想要，稍微有點貴的刨冰機當禮物，她高興得跳起來。「我等不及夏天了！」她像小孩子一樣，緊緊抱著包裝好的盒子手舞足蹈。她的樣子太可愛了。

之後，我們去小町路逛街。在路上的一家店，我買了吻仔魚可樂餅，日菜買了炸魚板，我們邊走邊吃。

「上次的紅色雨傘，我修好之後再送妳。」

「啊？你這麼忙，不用啦，而且你已經買了刨冰機送我。」

「不，我向妳保證，我想送妳當禮物。」

「那我就充滿期待地等你。」日菜抬頭看著我，眼睛彎成月牙兒笑著。

我們沿著和車站相反方向的御成路走了一小段路，看到一家傢俱店。正是『雨滴』愛用品牌的『Hephaestus』，這個品牌的傢俱店在鎌倉和橫濱都有店面，店內的所有傢俱都是由工匠手工製作的。這個品牌的宗旨是「傢俱要眼看、手摸，試了之後才能買」，完全不透過網路的方式銷售。我喜歡這個品牌的這份堅持，經常來這家店逛逛。

這家店是將老舊住宅改裝而成，每次看到這棟房子，心情就特別好。一樓陳列餐桌和椅子，二樓展示沙發和衣櫃等大型傢俱。瀰漫著木頭香氣的店內總是令我心曠神怡，輕聲播放的古典音樂，讓人暫時忘記戶外的悶熱。

我在店內轉了一圈後，在一樓角落的一張椅子前停下腳步。那是一張用橡木原木做的安樂椅，俐落的造型很優美，扶手的前端越來越細，略微高起。椅面延伸的部分剛好成為椅子的後腳，坐下去時，感覺椅子托住了整個身體。靠背和椅面的部分用牛皮紙繩編織出綿密的桂花織法，打造出舒適的休憩感。無論坐的感覺、扶手的手感和設計性都無懈可擊，極致的逸品讓人覺得「這張椅子就是為我量身打造的」。

「啊，你又坐這張椅子了，如果我是雨傘控，那你就是椅子控。」

日菜坐在我對面的板凳上搖晃著雙腳，無奈地說。

「我覺得椅子就像是建築的結晶，所以很喜歡。」

「建築的結晶？」

「嗯，椅子最貼近身體，尺寸和材質會讓坐起來的感覺完全不一樣。房子也一樣，只要改變支柱的材質，會對居住的感覺有很大的影響。我覺得這一點很相似，而且這張椅子坐起來的感覺太舒服了，簡直就像——」

「對你來說，是全世界獨一無二的椅子，但是很貴欸，要八萬五千圓，簡直難以相信。」

「這還算便宜的，貴的要好幾十萬。」

日菜的表情好像吃到什麼很苦的東西，皺起眉頭。

「八萬五千圓超貴的，你可不要發神經，說要買這張椅子。」

「沒關係，我會以有朝一日，可以買這張椅子作為目標好好努力。」

「你好自私喔，只有你自己嗎？不幫我買嗎？」

「對喔，也要找很適合妳的椅子。」

「啊，我也想要那張椅子。既然完全貼合你的身體，我也想和那張椅子完全貼合。」

「那沒辦法。這張椅子是手工製作的，全世界只有這一張。」

「啊喲，我不是這個意思，你真不懂女人心。」

女人心？我忍不住眨著眼睛，日菜嘆了一口氣，猛然站起，然後指著牆上的木製圓形時鐘說：「看看，時間差不多了。」

「是啊，那就走吧。」雖然有點依依不捨，但身體還是離開了椅子。

今天約好要去房東磐田先生家。每個月中旬，我們都會去他家繳房租。磐田先生是『雨滴』的客人，和日菜熟識之後，以每個月一萬圓的租金，將沒有人住的老房子租給我們。雖然聽說他是這一帶的大地主，但當初因為房租實在太便宜了，我覺得其中必有蹊蹺，他會不會有什麼不良居心？也許用奇怪的眼光看日菜？

但實際見面之後，瞭解到磐田先生很紳士，根本沒有任何不良居心。我對自己的膚淺想法感到羞愧，那次之後，就一直接受磐田先生的好意。

江之電極樂寺站出來後，稍微走一段上坡就會抵達磐田先生的豪宅。走進大門後，有個電視劇或是電影中經常可以看到的氣派庭園，庭園內還有水池。石燈籠旁種了一棵芭蕉樹，十尾左右的錦鯉在造景石圍起的葫蘆形水池中，悠然地游來游去。每次來這裡，日菜總是在池畔彎下身體拍手，叫錦鯉過來，但牠們對沒有丟飼料的我們不屑一顧。鯉魚真是太現實了。

「日菜，誠，歡迎你們。」

磐田先生在玄關向我們揮手，一頭向後梳的白髮下方，是一張柔和的臉。他在白襯衫外穿了一件瀟灑的胭脂色背心。雖然背有點駝，但個子很高。

我們向他打招呼後，把在鎌倉買的伴手禮果凍交給他。

「不是每次都跟你們說，不必這麼客氣嗎？」磐田先生一臉歉意地說。

「是日菜想吃果凍，所以才買的。」我急忙對他說道，有一半是真的，一半是說謊，但如果不這麼說，磐田先生會覺得很不好意思收下伴手禮。日菜也在一旁幫腔說：

「這家的咖啡果凍超好吃，很受好評！等一下我們一起吃。」

「是嗎？那我就不客氣收下了，先冰一下再吃。」

磐田先生拍拍紙袋，露出溫柔的笑容，眼尾擠出魚尾紋。

我們在玄關換好拖鞋，走進客廳。雖然已經來過這裡多次，但每次都會對這個客廳感動不已。十坪大的寬敞客廳鋪著踩起來很舒服的地毯，一整面牆都是玻璃，可以看到庭園。客廳的正中央放著雅緻的沙發，黑漆茶几上鑲著螺鈿。暖爐前放了一張看起來像古董的安樂椅，應該真的是陳年古董。現在很少有機會看到這種豪宅，每次來這裡，我都會東張西望觀察，日菜總是拉著我的衣服下襬說：「你不要這樣賊頭賊腦，很丟臉。」今天她又說了同樣的話。

我們坐在沙發上和磐田先生談笑，初世太太來為我們倒紅茶。她個子嬌小，是一個可愛的女人，戴了低調的飾品，身上散發出淡淡的玫瑰香水味道。她很有氣質，也很迷人，她的笑容總是溫暖人心。但是初世太太很消瘦，幾年前罹患癌症之後，體重急速下降，遲遲無法恢復。她曾經半開玩笑地說：「現在只剩三十八公斤了。」即使如此，也能夠輕易想像她以前很漂亮。

「初世太太，妳好！」

日菜和走進來的初世太太擁抱，看起來就像是年幼的孫女向奶奶撒嬌。對舉目無親的日菜來說，磐田夫婦應該就像是她的祖父母。

「他們買了果凍。」磐田先生說著，向太太出示了紙袋。

「啊喲，這可不行，來長輩家裡要空著手，要當女兒賊才行。」

她開玩笑後，爽朗一笑。我看著磐田夫婦，再度覺得他們是「很出色的夫妻」，希望我們老了之後，也可以像他們一樣坐在一起歡笑。

「欸，看看。」

日菜向我使了眼色，我從放在腳下的單肩斜挎包中拿出裝了房租的信封。

「呃，這是本月的房租，謝謝。」

「誠，我對你們說了好幾次，你們免費住在那裡也沒問題。」

「是啊，讓你們住在那麼破的房子，我們反而很不好意思。」

「別這麼說，實在太謝謝你們了。」我用力搖著頭。

「而且我們很喜歡那棟房子，住起來很舒服，離車站和海邊都很近。雖然會有一些蟲子，但有院子，可以自己種菜。」

「那就好。」磐田先生於心不安地在額頭擠出皺紋。

「對了，昨天在電話中說，有要我幫忙的事。」我故意岔開話題，因為我不希望磐田先生一直為我們擔心。

「喔，我想請你幫忙修理一下庭園的庫房，門有點卡住了。」

年邁夫妻的生活有時候需要年輕的勞力，為了感謝他們只收這麼便宜的房租，我有時候會幫忙他們修理房子或是割草。雖然我不認為幫這點小忙可以報答他們，但我努力做力所能及的事。

「好，那我就先去修理。」

「誠，等一下。」初世太太急忙拉著我的衣服，「先喝紅茶。」

「不好意思，那我就不客氣了。」我伸手拿起茶杯。

我向初世太太道謝後，決定去修庫房。磐田先生說「我可以幫你扶梯子」，主動提出要幫忙。

我在玄關換鞋，來到門外，看到庭園後方那片美麗的藍天，忍不住發出感嘆。這裡比從我們的住家簷廊看到的天空更遼闊。我很愛夏日的天空，和冬天相比，藍天的顏色比較淡，比較清爽，看著這樣的藍天，心情會變得溫柔。淺藍色的美麗天空一望無際，稍微柔和了這個世界的輪廓。這是一年之中，天空最美的季節。

庫房位在庭園的角落，比我想像中更壯觀。以杉木為素材的庫房大約有四坪大，搞不好比我學生時代住的破公寓還大。一問之下才知道，是他兒子小時候，他和兒子一起搭建的，後方木柴堆放處的檐柱上，還記錄了他兒子成長過程中的身高和日期。

「我記得你們的兒子是在丸吉商事工作。」

丸吉商事是日本五大商社之一的大型綜合商社。

「對，他目前在西班牙，負責那裡的分公司。」

「太厲害了。」我瞪大眼睛。

「是久久都不回來日本一趟的不孝子，我們也很久沒有見到孫子了。據說要在那裡住好幾年，等他們回來，如果能夠住在一起就太好了……」

磐田先生的臉上透出難以形容的寂寞。

我似乎提了不該提的事。我閉上嘴，開始工作。

門很快就修好了。只是鉸鏈生鏽，導致門有點傾斜，換上新的鉸鏈後，就可以順利開關。

「啊呀，真是幫了大忙啊。」磐田先生很高興。只是這麼一點小事就被他這麼感謝，我反而有點不好意思。

我在收拾工具時，磐田先生在草皮上坐下來說：「我們兩個要不要聊一聊？」然後拍拍身旁，叫我也坐下。我們並肩坐在一起。

涼爽的風吹來，草皮同時搖晃起來，彷彿是一片綠色的海洋。今天的天氣有點悶熱，但這裡有很多樹木，吹來的風帶著涼意，很舒服。這棟房子的周圍是很大的雜木林，聽說那些土地也都屬於磐田先生，他果然是大地主。

「設計競圖的情況怎麼樣？我記得是鎌倉市立圖書館的分館？上次我去『雨滴』時，聽到日菜焦慮不安地說『可能趕不上截止日期』。」

「託你的福，昨天終於寄出了，但真的是很勉強擠進截止時間，如果沒有日菜，就真的趕不上。」

「那就太好了，只要能夠贏得這次競圖，就可以邁出身為建築師的一大步。」

「我每天都很著急，必須趕快做出成果，必須為日菜建造夢想中的房子。」

「你們兩個人住的夢想之家嗎？你們打算建怎樣的房子？」

「我想建五戶或是七戶左右的房子，形成一個小社區。以廣場為中心，生活在那裡的人，彼此之間建立良好的關係，我想打造一個這樣的地方。」

「原來是這樣。聽你說是夢想之家，我以為是獨棟的房子。但是我有點不太瞭解，有什麼理由，非要是一個社區嗎？獨棟的房子不是可以更早實現嗎？」

我猶豫一下，然後小心謹慎地開口。

「磐田先生，你知道日菜家的情況嗎？」

「嗯，或多或少，我聽說她沒有父母。」

「我想把日菜可以和很多人建立人際關係的社區當作禮物送給她，我和我們的孩子當然會生活在那裡，但我希望日菜除了我們以外，能夠和家人以外的人也攜手共同生活。在許多人的陪伴下度過幸福的人生——我認為這是她渴望的最大幸福。我希望可以實現日菜的幸福，我希望她隨時都身處這份幸福的正中央。」

我們兩個人很像。日菜沒有父母，我成長的家庭也四分五裂。我們家和祖父母住在一起，婆媳問題不斷，父母因為這個原因感情不睦，家裡氣氛始終很冰冷，久而久之，一家人就不再聚在一起。我至今仍然清楚記得獨自在空無一人的客廳吃飯的孤獨。

因此，現在日菜把我視為真正的家人，是令我最高興的事。這是我有生以來第一次受到如此重視。我想要回報她，我發自內心想要回報她。

「所以你的原動力，是希望日菜得到幸福嗎？真是太美好了。」

我有點害羞，然後低頭看著攤開的雙手。

「我希望用這雙手實現我們的夢想。」

日菜，是妳告訴我，每個人的雙手都有『使命』。

我這雙手的使命——就是要為日菜帶來幸福。

所以，我們的夢想一定會實現。有朝一日，我一定會建造我們的夢想之家。

那一天，看看參加圖書館設計的競圖被淘汰了。

午後，我們在『雨滴』用手機看競圖的結果，但進入決賽的名單中並沒有看看。我瞥了他一眼，發現他單手拿著手機，緊抿著雙唇。

好、好尷尬……這種時候該說什麼？別在意！別在意！這樣會不會太不當一回事了？啊啊啊！太可惜了！我能夠理解你的心情！不不不，他會覺得我怎麼可能理解他的心情？怎麼辦？我要趕快想，趕快想啊。

嗯嗯嗯嗯嗯嗯嗯嗯！不行！我完全想不出該說什麼！

我急得頭頂幾乎快冒煙了，看看發現後，按著自己的額頭，誇張地笑笑。

「原來被淘汰了！日菜，對不起！我下次一定會好好努力！」

「看看，你沒事吧？」

「沒事沒事，雖然很受打擊，但這是無可奈何的事！下一次，下一次！下次我絕對會好好表現！」

「但是……」我垂頭喪氣，看看輕輕地拍著我的頭。

「日菜，妳為什麼要沮喪？我沒事啊，打工的時間快到了，今天要協助公司一個新的案子，要在大船那裡建一棟商業設施，低樓層是購物商場，高樓層是辦公室。他們人手不足，希望我幫忙做模型，所以今天我會晚回家，不用為我準備晚餐。好了，我差不多該走了，否則開會就要遲到了。」

他一口氣迅速說完，就快步走出咖啡店。門關上的同時，我不由自主地深深嘆一口氣。在排氣扇下抽菸的緣姊納悶地看著我問：「怎麼了？為什麼嘆氣？」

「看看好像很受打擊。」

「有嗎？他不是看起來很有精神嗎？」

「妳剛才有沒有看到他緊抿著嘴？這就代表他很沮喪，而且他說話很快，一口氣說完，也是為了掩飾難過的心情。」

「妳真不愧是他的女朋友，觀察得真仔細。」

「要怎麼安慰他……」

「不用管他吧，他已經是成年人了。」

「啊？但看看的想法超負面，他是我認識的人中最負面的人。上次參加競圖被淘汰時，他有一個月左右食慾都很差，之前遭到淘汰時，還一個人出門旅行，說要去高野山修行。後來只買了高野豆腐，但情緒一直很低落。」

「但他今天不是要去打工嗎？既然有力氣工作，應該沒問題吧？」

「他說去打工應該是騙人的，我想他今晚打算一個人借酒澆愁。」

「什麼都瞞不過妳啊，佩服佩服。」緣姊笑了起來，「誠看起來就很脆弱，有一個消極的男朋友真辛苦。」

「但我希望他努力。」

「是啊，為了你們的夢想，他必須好好努力。」

「這也是原因之一，最重要的是，我希望他能夠成為出色的建築家，只要能夠完成這個目標，我願意為他做任何力所能及的事。」

「啊，日菜，妳真是一個無私奉獻的女人，我絕對做不到。」

緣姊叼著菸，好像外國人一樣，攤開的雙手舉到臉旁，做出放棄的表示，搖搖頭。

「他為什麼想要當建築師？他應該並不只是為了實現和妳之間的夢想吧？」

「據說他以前在一家很大的建設公司畫設計圖，但在那裡工作三年之後，開始對這種生活產生疑問，覺得一直這樣下去好嗎？於是去看了他尊敬的真壁哲平建造的房子，感到茅塞頓開，覺得自己也想建造陪伴別人的人生和生活的房子。」

「所以他就自立門戶了嗎？那個叫真壁哲平的人很有名嗎？」

「聽說在建築業界很有名，看看說，真壁先生造的每一棟房子都很人性化，充分運用大自然的環境，他說那是他的目標，希望自己有朝一日，也可以建造那樣的房子。」

「這樣啊，所以說，誠是想要建造獨棟的房子嗎？」

「我不太清楚，應該並不侷限於獨棟的房子，啊，但是對他來說，家很重要。他之前喝醉酒時曾經對我說，雖然通常都是在結婚或是生子等人生走上坡路的時候買房子，但人生有起有伏，所以他想建造可以陪伴屋主度過漫長人生的房子。他成長的家庭都已經四分五裂，我相信他會有這種想法，應該和他的成長背景有關。」

「原來他也飽經風霜啊。」

「那次聽他這麼告訴我的時候，我就覺得，建造能夠支持一個人好幾十年的房子很了不起。我沒有什麼夢想，沒有什麼出色的才華，所以很羨慕他。我在我們開始交往時就下定決心，既然看看要建造能夠支持屋主人生的房子，那我就支持他。這或許就是我人生的理由，雖然聽起來有點誇張。」

緣姊把香菸在菸灰缸中捺熄後，走去咖啡店角落看起來像古董的紅棕色櫃子。打開了對開的櫃子門，發出嘰嘰嘰的沉重聲音。她從放滿東西的櫃子裡拿出信紙和櫻花色的信封，走回到我面前。

「那妳要不要寫信？寫信給未來的彼此。」說完，她把信紙和信封交給我。

我聽不懂她的意思，重複她說的話。「寫給未來的彼此？」

「以前我只要遇到不開心的事就會寫信，寫給一年後或是五年後的自己。因為到了那個時候，那些煩惱應該已經解決了，思考遙遠未來的事，就會覺得眼前的痛苦很渺小。雖然現在完全不記得信的內容，但我記得寫信的事，曾經拯救我好幾次，你們也可以寫信，寫給未來的彼此。」

我不敢收下她遞過來的信紙，就像討厭寫暑假作業的小孩子一樣躲得遠遠的，嘀咕說：「但我文筆很差。」

「文筆？」緣姊眨了兩三次眼睛。

「小時候寫閱讀感想，老師曾經對我說：『相澤同學，妳的文章前後矛盾，雜亂無章，完全不知道妳想要表達什麼。』我想我一定寫不好……」

緣姊按著肚子「啊哈哈」大笑起來。

「只要寫妳想寫的內容就好。」

「啊！但是這樣能夠把想法傳達給看看嗎？」

「想要寫一封理想的信，只有一個秘訣，那就是不要試圖想寫一封很出色的信，就只有這樣而已。」

緣姊說完，向我拋了個媚眼，把原子筆的筆桿對著我。

那天晚上，看看果然是喝醉回家。雖然他說是因為應酬，但我猜想八成是說謊，他應該獨自借酒澆愁。他似乎喝太多了，感到很不舒服，去廁所嘔吐好幾次。他臉色蒼白，流著淚的樣子很可憐，看了有點於心不忍。我為他泡了薄荷茶，看看喝得津津有味。

「啊……終於舒服了些。」

他把頭靠在沙發的椅背上，仰望著天花板。我輕輕在他身旁坐下。

「欸，看看，要不要來寫信？」

「寫信？寫給誰？」他轉動眼眸，看向我。

「寫給未來的我們。我跟你說，這是緣姊今天和我分享的方法，她說寫信給未來的自己，心情可以很舒暢，所以，我們要不要寫給幾年後的彼此？然後放進時光膠囊，等我們的夢想實現時，再把時光膠囊挖出來……你覺得怎麼樣？」

他沉默片刻。我緊張不已。我是不是太多管閒事了？

「妳該不會發現我很沮喪？」

「嗯，是啊，應該很容易發現。」

「是嗎？我還以為自己掩飾得很好呢。」

看看枕著我的腿，我覺得他這樣很可愛，愛憐地摸著他的頭髮。

「一看就知道你很容易沮喪，更何況這次競圖，你比之前更努力，也似乎很有自信。無法得到真壁先生的認同，是不是對你的打擊最大？」

他重重地嘆口氣，拿下眼鏡，輕輕笑笑。

「果然逃不過妳的火眼金睛。」

「對不起，你是不是希望我讓你一個人靜一靜？」

「不會啊，很高興看到妳為我擔心，只是覺得自己很沒出息，老是讓妳安慰我。」

「你怎麼說這種話呢？我們不是約好，遇到困難時要相互扶持嗎？這是我們的情侶守則。」

看看坐起身，面對面看著我。

「下一次一定會做出成果，這不是逞強，我是說真的，我會比這次更努力。」

「嗯，我相信你，我相信你有才華，絕對絕對沒問題。無論發生任何事，我都相信你。」

我看到他的眼眶漸漸濕潤，我也忍不住情緒激動。

「我相信你——」當我開口時，竟然帶著哭腔。「有朝一日，一定可以建造支持很多人的人生、無可取代的房子。」

我想要擠出笑容，瞇起眼睛時，一滴眼淚落下。他吸著鼻子說：「妳真是愛哭鬼，為什麼要哭啊。」他用指尖為我拭淚，他自己也快哭了。

「——但是我很高興，超高興。日菜，謝謝妳。」

「我覺得雖然你很消極，但我很積極，只要你和我在一起，我們就可以正負抵銷，剛好不正不負，所以看看——」

我抱住了他說：

「我們要永遠在一起。」

看看……你很珍惜我，很疼惜我。你這麼努力，是為了實現和我的共同夢想，這件事讓我超開心。因為從來沒有人像你這麼愛我，你為我這麼努力，我真的高興得不得了，覺得眼前發生的一切，都好像在做夢。

「日菜，我們現在來寫信。」

「嗯！我也會努力寫！雖然我的文筆很差。」

「好，那我們明天傍晚去埋時光膠囊，妳覺得埋在哪裡比較好？」

「啊，我們埋去那裡！就是片瀨山的『可以看到海的山崗公園』！」

「好主意，就這麼辦。」

看到他的笑容，我感到無比幸福。

我希望在未來的日子裡，我們能夠分享相同的幸福，直到永遠。

隔天六點半下班，咖啡店打烊後，看看騎機車來『雨滴』接我。片瀨山那一帶是住宅區，在那片住宅區的角落，有一個可以眺望湘南街道和太平洋的小公園。說起來，那裡對我們而言是個特別的地方。

抵達公園後，欄杆外的晚霞太美了，我們情不自禁開始奔跑。

「看看！大海好美喔！」我向他招手，他站在我的身旁，靠在欄杆上，瞇眼笑著呢喃。「實在太美了。」看到他表情比昨天輕鬆，我稍微鬆一口氣。

夕陽映照下的大海宛如萬花筒，浮現在夕陽餘暉中的江之島像一尾鯨魚，富士山也清晰可見，我們牽著手，眺望著這片美景。

我把信裝進向店家要來的紅茶罐時，看看用帶來的鐵鏟在一棵青剛櫟小樹下挖洞。他擦汗時，臉頰沾到泥土，我幫他用手帕擦掉。他用力閉著眼睛，簡直就像是在玩泥土的小孩子被媽媽擦臉時一樣。這表情太可愛了。

我們把紅茶罐埋進坑洞時，相視而笑。

「我的信寫得不太好。」我很沒自信地嘆氣。

「沒有關係。」

「真的嗎？我真的寫得很不好。」

「妳不是很努力寫了嗎？這份心意就讓我很高興了。順便問妳一下，妳寫了什麼？」

「這是秘密。」

我咧嘴一笑，看看噗哧一笑，然後突然嚴肅地說：

「等到夢想實現的時候，就可以看到妳寫的信了。我會努力，希望可以早日把時光膠囊挖出來。」

「我也很想趕快看你寫的信。啊，但是你不必著急。」

「我當然著急啊，時間轉眼之間就過去了，我必須抓緊時間。」

「啊喲，你就是這麼性急。」

急躁是他的壞習慣，但想到他為實現我們的共同夢想而努力，就覺得很高興。

我撿起一根樹枝交給他，「你來畫我們的夢想之家。」然後我爬到滑梯頂端，低頭看著看看。他清清嗓子，「現在就由我來說明我們的夢想之家。」

他故意誇張地鞠了一躬，聽到我的掌聲後，他開始在地面上畫畫。

「我們的夢想之家位在視野良好的小城鎮上，有五戶到七戶房子像這樣一棟一棟建在圓形廣場周圍。」

他在正中央畫了一個圓形廣場，然後在周圍畫了幾個小小的長方形。

「這個廣場是小孩子玩樂的地方，有假山、有沙坑，還有隧道和遊樂器材。假日時，小孩子都在這裡玩耍，玩鬼抓人、躲貓貓。」

「聽起來很好玩，我也想和他們一起玩。」

「傍晚的時候，小孩子的媽媽都從廣場周圍的房子走出來叫著：『吃飯嘍』，接孩子回家。」

「好棒喔，聽起來很幸福。雨水的『那個』在哪裡？」

「在這裡。」他用樹枝指著廣場東邊的角落，「這裡會建一個涼亭。」

「下雨的日子，會有特殊的裝置啟動，對不對？」

「說對了，雨水會變成樂器。涼亭周圍會放好幾個水瓶，雨水滴落時所產生的回音，會發出各種聲音的特殊裝置。」

「而且會因為雨的大小，導致聲音隨時都不同，完全沒有任何一個音色相同——是不是這樣？聽你說了好幾次，我都記住了。」

看看抬頭看著我，夕陽映照在他溫柔的笑臉上。

「這個點子來自於妳，是妳讓我瞭解到，下雨並不悲傷。」

「原來我可以稍微幫到你。」

「才不是稍微而已，而是大有幫助。」

「呵呵呵，今天嘴巴真甜，你是不是做了什麼壞事？」

「被妳發現了嗎？」他開玩笑地露出凶巴巴的表情。

「那我們的家在哪裡？」

「好問題，要不要選離涼亭最近的這棟房子？」

「下雨的日子，可以一直聽到美麗的音色。」

看看微笑著點頭。他的笑容很迷人，我的心揪了一下。每次看到他的笑容，我總是忍不住想，我是全世界最幸福的人。

天空下起了雨。

明明是晴天，明明夕陽燦爛，為什麼會下雨？

看看告訴我，這種天空叫「天泣」，就是天空在哭泣的意思。

夕陽照耀下的雨滴，簡直就像眼前的空氣在發光般絢麗。

涼爽美麗的雨，瞬間帶走了六月底的悶熱。

「這是愛的淚水。」看看仰望著天空說，「今天也有人在某個地方思念心愛的人。」

「是啊……」我在滑梯上注視著天空。

這個世界今天也因為某個人的情感而運轉。一個人愛另一個人的心情，一個人戀上另一個人的心情，讓世界持續運轉。雖然這種想法很不科學，也不可能，但這麼一想，就覺得這個世界很美好。我想要相信，我喜歡看看的感情，成為推動世界運轉的微小力量。

「要不要回家了？」看看向我伸出手。

「嗯！」我從滑梯上滑下來，緊緊握住他的手。即使在冰冷的雨中，看看的手還是很溫暖。我用心感受著他的溫度，這份溫柔的溫暖讓人忍不住落淚。

我們用不會鬆開的貝殼牽法牽著手。

我們在雲隙中飄落的美麗雨中相視而笑，邁開步伐。

世界上所有的幸福，彷彿都在這場雨中。

但是我們還不知道。

我們什麼都不知道……

這場雨成為撕裂我們的『奇蹟』的序幕。

間章

和平時一樣的早晨。不，其實這裡並沒有早晨，只是大家為了方便起見，權宜稱為『早晨』。今天和平時一樣開始上班，只是今天不一樣，奇怪的預感在他內心翻騰，有一種淡淡的預感，讓他覺得好像會發生什麼。

他換上喪服後，慢條斯理地走在木板走廊上。走廊很長，真的是很長很長的走廊。他很有耐心地持續走在望不到盡頭的長走廊上，不一會兒，終於看到走廊盡頭的木門。塗了清漆而發亮的門上，掛著『大貫組』的木牌。這裡就是他工作的地方。

大貫組內有四個人，這個房間太寬敞，四個人在這裡工作顯得很空蕩。正中央有一張圓桌，周圍放著四張椅子。牆壁前是一排木製書架，裡面有好幾百份檔案。東側的牆壁前有一個一公尺高的茶具櫃，上面只放了一台義式濃縮咖啡機，這台最新型的咖啡機，和這棟令人聯想到明治時代洋房的建築物有點不搭調。他看著咖啡機帶著弧度的外形，覺得很像是從不知何方的遙遠未來闖入這裡的時光機。但是，即使這台義式濃縮咖啡機來自不知何方的未來，對他來說仍然很重要，畢竟每天早上喝這台咖啡機泡的義式咖啡是他的小樂趣，但他也有少許不滿。既然喝義式咖啡，真希望可以用直火式義式咖啡壺沖泡……

他以前曾經和組長大貫聊過這件事，大貫開玩笑說：「你對咖啡還是這麼講究，女人不喜歡拘泥小節的男人。」

他忍不住有點惱火，反駁說：

「我認為在這裡，即使被女人喜歡也沒有意義。因為我們——」

大貫把食指豎在他臉前，輕輕笑笑。

「這只是閒聊，我們必須像人類一樣，聊一些言不由衷的應酬話。否則遇到客戶時會聊不起來。你應該知道，我們的工作基本上算是服務業。」

服務業嗎？也許是吧。他暗想道。

他被分配到這個部門五年，還沒有接觸到客戶，在之前工作所屬的『核定部』時，每天都和很多客戶面談。他們都很緊張。這很正常，因為任何人突然被丟到這種地方，都會陷入混亂。他充分瞭解他們的心情。為了安撫這些客戶，簡單的閒聊成為必要的武器。

「——明智。」

當房間內瀰漫著義式咖啡的香氣時，背後有人叫他的名字，他轉過頭。

一個年輕女人站在那裡。她有一張像日本娃娃般標緻的臉，和一頭富有光澤的黑髮，剪成一直線的妹妹頭把臉蛋襯托得很漂亮。她有著十幾歲少女的年輕肌膚，仍然帶著稚氣的孩子氣臉蛋和整套的喪服有一種不協調感。洋裝腹部的位置有一個很大的蝴蝶結，她用纖細的指尖調整著蝴蝶結的位置。

「能登小姐，早安。」

「嗯，你真早啊。」

能登說完，在朝南窗戶旁的位子上坐下。那是她的固定座位。

「我平時也差不多都是這個時候來上班。啊，妳要喝義式咖啡嗎？」

「不要，我不喜歡進口貨。幫我倒日本茶。」

明智露出失望的表情，從放著義式濃縮咖啡機的茶具櫃裡拿出茶壺和茶葉。能登雖然看起來像少女，卻是明智的前輩。大貫組很重視輩分，明智在這個部門內最資淺，負責包辦這類的雜務。

「對了，聽說今天有一個新的案件。」

「原來你已經知道了？聽誰說的？」

「權藤先生。」他把熱水沖進茶壺，頭也不回地回答。

「真是的，那傢伙還是那麼多嘴多舌。」能登無奈地嘆氣，「我想大貫先生應該會公布這件事，今天會有新的『奇蹟』開始。」

「奇蹟的內容是什麼？」明智只轉過頭問道。

「不知道，這就沒聽說了。按照規定，事前只會通知組長。」

「這是我第一次身為嚮導參與奇蹟。」

「像你這種菜鳥很正常，我也只負責過五次。」

「只有五次而已嗎？妳在這裡工作不是將近一百年了嗎？沒想到這麼少啊。」

「那當然啊，奇蹟怎麼可能常常發生？」

「有道理。」明智輕輕一笑，「所以，要負責什麼？」

能登拿起明智放在她面前的茶杯，兩片薄唇湊向杯緣。「你真的什麼都不懂欸。」她驚訝地說完，喝了一口茶。

「一旦奇蹟案件開始，我們這些嚮導中，就必須有人負責對象人物。目的在於協助對象人物，當然也要監視奇蹟是否妥善進行的進展。」

「那麼，這次由我們之中的誰負責嗎？」

「嗯，我猜想應該是我。因為上一次是權藤，大貫先生是組長，不會擔任負責人，至於你經驗不足，還派不上用場。泡茶的時候要把熱水稍微涼一下，你這個笨蛋。」

「對不起……」

「嗨，早安！早安！」

隨著響亮的聲音，一雙大眼睛成為特徵的權藤走進來。他當然也穿著喪服。

「今天開始，有一個新的案件！能登小姐，不要太難過！我已經受夠奇蹟了，真是累死了。我有沒有告訴過你們這件事？上次我負責的案件，整整被綁了十年，你們能夠相信嗎？十年！每天每天都加班，簡直就是地獄。話說回來，這個地方本身就像是地獄啊。哇哈哈！」

權藤用奇怪的關西腔口若懸河地說著。明智在做準備工作的同時，聽著他說話；能登喝著剩下的茶，心不在焉地聽著。這樣的景象一如往常。

不一會兒，組長大貫說著「早安」，走了進來，打斷權藤像機關槍一樣的閒聊。他下巴上蓄的鬍子今天很整齊，身穿喪服的樣子迷人有型。

「那就開始朝會吧。」

隨著大貫的這句話，宣布他們『嚮導』的一天開始。

明智打開筆記本，詳細記錄大貫公布的一天行程。今天的行程一個接著一個。上午要舉行執行部會議——『執行部』是明智他們目前所屬的部門，他們是『執行部大貫組』的成員——下午要參加法令遵循委員會和內部監察說明會，以及品牌推廣探討會議。這個部門的特徵，就是要參加很多委員會和會議。

大貫傳達完聯絡事項後，再度開口。

「我相信已經有人知道，今天要開始一個新的奇蹟案件。剛才判定部已經將兩名對象的情況和奇蹟概要正式通知我。」

「兩名!?這次的奇蹟對象有兩名嗎!?」

權藤整個身體探向前方，胖胖的肚子頂在圓桌上。

「對，要同時在兩個人身上執行奇蹟。」

「這就意味著要忙碌程度也是兩倍。啊呀，能登小姐！妳請節哀！」

權藤似乎對同事即將面臨的辛苦幸災樂禍，對能登露出卑鄙的笑容。但是能登不理會他，問大貫：「奇蹟的內容是什麼？」大貫低頭注視著打開的活頁夾，重新確認上面所寫的內容。停頓一下後，張開形狀漂亮的嘴唇說：

「是生命共享。」

明智右側的眉毛抖了一下。他的手心冒著汗，心跳加速，呼吸急促起來，身體似乎表現出拒絕反應。

大貫瞥了明智一眼，想要繼續說下去。

「……我反對。」

明智的聲音在室內重重地迴響。

「明智？你怎麼了？」坐在旁邊的權藤探頭看著他的臉。

明智猛然站起，差一點把椅子弄倒。

「我反對生命共享！因為這是——」

「閉嘴！」能登厲聲制止道，「你的感受並不重要。奇蹟也是一種實驗，觀察人在得到的奇蹟中如何生存，是我們嚮導的重要使命。」

觀察？把人命當成了什麼？明智充滿憤怒地看向能登，但她絲毫沒有退縮，反而瞪著明智。

「奇蹟的對象人物會變成怎樣，都和我們無關。我們的工作是確認奇蹟，就只是這樣而已，不需要摻雜不必要的個人感情。」

「但是——」

「好了好了，你們別吵了。」大貫張開雙手制止道。

明智回過神，坐下來說：「對不起。」但內心深處仍然繚繞著薄霧般難以接受的情緒，他忍不住又有點激動。

「這次的負責人……」大貫看了一眼其他人。

能登露出已經做好心理準備的表情，但大貫看著明智說：

「明智，我打算交給你。」

我當負責人？雖然他能夠聽懂這句話的意思，卻無論如何都無法理解這件事。

坐在旁邊的權藤皺起眉頭，然後抱起好像原木般的粗壯手臂說：

「大貫先生，你是認真的嗎？對明智來說，壓力太大了吧？」

「沒這回事，這是有助於成為獨當一面嚮導的大好機會。明智，你不這麼認為嗎？」

明智沉默著。他無法整理自己的情緒，不知道該如何回答。能登可能開始著急，用不耐煩的聲音問：「明智，到底怎麼樣？」

在所有人的注視下，他靜靜地搖搖頭。

「我做不到……」

「這樣啊。」大貫點頭，但沒有絲毫對不中用的下屬感到失望的表情，立刻對能登露出微笑說：「能登小姐，不好意思，那可以請妳負責嗎？」

能登好像看透明智的心思般失望地嘆口氣，將視線移回大貫身上說：「沒問題。」她一定覺得明智很沒出息。

大貫的指尖在活頁夾的文字上移動，繼續說下去。

「奇蹟的對象人物是一對年輕男女。男的叫雨宮誠，二十六歲，職業是建築師——應該說，是未來的建築師。另一個人叫相澤日菜，不久之前剛滿二十三歲。」

「二十三歲!?這麼年輕！太可憐了。」權藤誇張地皺起眉頭。

「她在湘南的一家名叫『雨滴』的咖啡店工作，也就是所謂的咖啡店員。」

「咖啡店員！喔！聽起來超棒！光是聽到咖啡店員這幾個字，就超加分的！哇哈哈！」

「能登小姐，請妳確認這兩個人的資料後，立刻去迎接——」

「呃！」

所有人的視線再度集中在明智身上。大貫摸著下巴上的鬍子，詫異地問：「明智，怎麼了？」

「那個、我還是……」明智靜靜地抬起原本低下的頭，「可以讓我擔任負責人嗎？」

「什麼什麼？明智，你被咖啡店員吸引了嗎？我真是太膚淺了！哇哈哈。」

明智無視放聲大笑的權藤，用強烈的眼神注視著大貫。大貫不發一語地凝視著他，似乎在觀察他的決心。明智面對這種壓力，忍不住想要逃避他的視線。

「真的沒問題嗎？」大貫向他確認。

「是。」明智深深點頭，下巴幾乎快碰到脖子了。

「好，那能登小姐，可以請妳協助他嗎？」

「我瞭解了。」

能登的一雙大眼睛斜眼看著明智。她目光炯炯，明智知道她試圖表達什麼，但假裝沒有察覺她的視線。

「好，」大貫看著幾名下屬，「這次的奇蹟就由明智負責，能登小姐協助。明智，這是你的第一次工作，馬上去迎接他們。他們發生車禍，目前被送到醫院。地點在慶明大學湘南醫院，詳細情況都在這份資料中。」

明智打開大貫交給他的活頁夾，第一頁就是兩名對象人物的大頭照。一個是看起來很脆弱，讓人聯想到玻璃工藝品的年輕男人；另一個是年輕女子，像向日葵般的燦爛笑容令人印象深刻。

這兩個人要共享生命嗎？

真可憐……明智看著活頁夾的內容想道。

希望接下來的奇蹟可以帶給他們幸福。

他情不自禁地由衷為他們祝福。

第二章　兩人的奇蹟

醒來時，我發現自己身在陌生的房間。

房間寬敞無比，白色牆壁一塵不染，還有原木地板，中央有一張正方形的木桌，周圍放了四張椅子。桌子和椅子都像是剛塗上清漆般，閃亮得讓人有點發毛。

這裡是哪裡？我為什麼會坐在這種地方？

我小心翼翼地打量四周，首先看到縱長形的窗戶。上方和下方的窗戶都是不能打開的雙推窗，窗外照進來的陽光在地板上灑下長方形的光影。

我轉動脖子，再度仔細觀察周圍。天花板上掛著花冠形狀玻璃燈罩的三燈式吊燈，以吊燈為中心，周圍是很大的圓形灰泥雕刻。我定睛細看，發現雕刻了蘋果和覆盆子，簡直就像是名勝的舊古河庭園❶。所以，這裡是某一棟洋房

❶ 位於日本東京都北區的一座都立庭園。該庭園始建於一九一九年，最初是古河虎之助男爵的邸宅，包含有洋館、西洋庭園、日本庭園，現在是國有財產並對公眾開放，被政府指定為名勝。

嗎？不，有點不太對勁，這裡牆壁的油漆很新，好像昨天才剛完成，完全沒有老舊的感覺。這讓我感到不對勁。沒錯，這棟房子完全感受不到「時代的感覺」。

先離開這個房間，瞭解一下這裡到底是哪裡。我站了起來，走向身後的房門。門和桌椅一樣嶄新，門把在陽光下發出詭異的金色光芒。

我握住門把，用力向右一轉。沒想到……

打不開……這是怎麼回事？我該不會被關在這裡？

我握著門把的手掌冒著汗。我不由得感到害怕，用力敲了兩次門。

「對不起！有人在嗎⁉」

但是沒有反應。我轉身快步走向窗戶，雙手撐在窗玻璃上，刺眼的陽光讓我瞇起眼，我看向窗外，眼前意想不到的景象讓我說不出話。

那裡是空無一物、一望無際的白色空間。完完全全的空無一物，只有一片白色的世界，連地平線都看不到。

這是怎麼回事？鎮定，要鎮定。趕快回想一下自己為什麼會在這裡，然而記憶就像拼圖的碎片七零八落。我用力深呼吸一下，努力蒐集記憶的拼圖碎片，全神貫注地讓記憶立體化。我們寫信給未來的彼此，然後去片瀨山的公園，埋好時光膠囊。就是在那之後。之後怎麼樣了？

下一剎那，電流貫穿我的全身，隨即感覺到記憶的蓋子打開。

機車的引擎聲。風迎面吹來。雨越下越大。輪胎打滑。把手失控，護欄以驚人的速度逼近眼前。背後傳來口菜的尖叫聲。

對了！日菜不見了！

我必須去找她……我試圖打開窗戶逃離這裡，但完全無法推開窗戶。我拿起椅子，用力砸向窗戶，但椅子沒有打破玻璃，彈了回來，掉在地上。

為什麼打不破？這棟房子果然有問題。

身後的門打開，吱吱吱的可怕聲音讓我不寒而慄。我察覺到有人的動靜，正緩緩向我走來。我握緊冒著汗的雙手，鼓起勇氣轉過頭，發現一個身穿喪服的男人站在那裡。看起來聰明和善的男人露出淡淡的笑容。

「你好，我是嚮導明智。」

嚮導？嚮導是什麼？咦？等一下，我好像在哪裡見過這個人……

不，現在不是想這種事的時候——我跑向那個自稱叫明智的男人。

「我問你！日菜在哪裡!?和我在一起的女生在哪裡!?」

「請放心，她馬上就會過來。」

他看起來不像在說謊，臉上溫柔的微笑讓我稍微鬆了一口氣。日菜似乎平安無事。

「看看！」不一會兒，她就走進這個房間。看到她毫髮無傷的樣子，我快流淚了。我緊緊抱著她，她在我的臂腕中笑著說：「好痛。」她的笑聲一如往常。

太好了。真是太好了……

從日菜的肩後看到一個陌生女人站在敞開的門旁，從外表來看，差不多不到二十歲，一身黑色喪服，一頭黑髮剪成妹妹頭，皮膚白得像蠶絲，是一個很漂亮的女生。她是那個叫明智的男人的同夥嗎？

「日菜，我們趕快逃離這個詭異的地方。」我在日菜耳邊小聲對她說。

「看看，你聽我說。我希望你心情平靜地聽我說。」日菜鬆開抱著我的手臂，抬頭看著我。「我希望你不要太驚訝，可以嗎？」

「我不會……應該不會。」

「那我就說了。可以嗎？我要說嘍？其實我們已經死了——」

「啊啊啊啊啊啊啊啊啊!?我們死了!?」

她的話還沒說完，我就大吃一驚。

「妳在說什麼啊！這太奇怪了！我們不是活得好好的嗎？」

我用手掌用力拍著胸口。我可以感覺到疼痛，怎麼可能死了。

「但是天使小姐這麼說！她說我們死了。」

「天使小姐？」

我看著站在日菜身後那個身穿喪服的女生。她盛氣凌人地抱著手臂，冷冷地說：「我們是嚮導，不是天使，我姓能登。」

「能登小姐剛才告訴我現在的情況了。我們不是去公園埋時光膠囊嗎？在回家的路上機車發生車禍，我們死了。」

我有關於車禍的記憶，但怎麼可能相信我們已經死了……啊，我知道了！

「該不會是整人遊戲!?是不是要給我驚喜!?因為參加設計競圖遭到淘汰，所以妳想激勵我！啊喲，我沒事啦，我已經振作起來了。」

「不是！我們真的已經死了！」

「我知道，我知道，我一眼就看穿了。日菜，妳還是這麼不擅長說謊。」
「喂，女人，這個男人理解力很差，他是笨蛋嗎？」
我是笨蛋？而且妳不是年紀比我小嗎？為什麼說話這麼沒大沒小？
「能登小姐，不能怪他，任何人一開始都無法接受死亡。」
這兩個人是認真的嗎？還是只是在執行整人節目導播的指示？搞不好他們是哪個劇團的演員。
「喂，小鬼，不要再浪費時間了，接著我來說。」
嗯？小鬼是在叫我嗎？喂喂喂，說話也太不客氣了吧。
「你們出車禍，重傷瀕臨死亡，這是千真萬確的事實。所以——」
「我知道了！你們是不是宗教團體!?原來是這樣，說什麼是上帝的指引，我們才僥倖獲救，想要叫我們買莫名其妙的甕吧!?說什麼那個莫名其妙的甕可以提升運氣！」
「喂，女人，這個男人簡直笨得令人絕望。」
「他、他不是笨蛋！平時比我聰明好幾倍！而且是國立大學畢業的！」
這個女人從剛才就一直說我笨……突然說我死了，誰能夠接受啊。

「小鬼，你似乎還無法相信。那我就把車禍的詳細狀況告訴你。你聽好了，你的頭撞到護欄，脖子扭向奇怪的方向，機車的把手撞進你的身體，腹部血肉模糊，就像韓式辣醃鱈魚內臟。」

「血、血肉模糊？」

「對，沒錯，血肉模糊，腸子也跑出來了，就像香腸一樣。」

「……我說啊，可不可以不要把人體比喻成食物？」

「看看！但是韓式辣醃鱈魚內臟和香腸都很好吃！」

「這根本沒有安慰到我。」

「對、對不起。」日菜聳聳肩。

「小鬼，你聽好了，趕快接受現實，你們的肉體已經沒救了。」

「不不不不！即使妳這麼說，我也很難相信啊！更何況這裡是哪裡!?窗外什麼都沒有，玻璃也太堅固了，一切都很詭異！請妳用我能夠理解的方式說清楚！」

「那要不要先坐下來，平復一下心情？」明智對我微笑，「我來泡義式濃縮咖啡，邊喝邊向你說明。」

義式濃縮咖啡雖然好喝，但眼前的狀況讓我無法好好品嚐。更何況既然我已經死了，還有味覺也太奇怪。

「兩位分別是雨宮誠和相澤日菜，對嗎？」

「對。」日菜聽了明智的問題，小聲地回答。她似乎仍然有點緊張。

「兩位剛才已經死了，請節哀。不，嚴格來說，你們處於即將死亡的狀況。你們的肉體目前在現世的醫院中動手術，但內臟的損傷很嚴重，失血量很大，照目前的情況發展，兩位很快就會死亡。」

「我怎麼有辦法相信？你拿出證據，證據！」

我加強語氣，明智為難地問：「證據嗎？」

「你看吧，沒有證據吧？趕快讓我們離開這裡，否則我就要報警了。」

「小鬼，不要大吼大叫。」

能登的視線像刀子一樣刺過來。

這個人的氣場太強，太可怕了……

「沒有證據，但你應該記得，有一個身穿喪服的男人去醫院接你。」

就在那個剎那，我感覺到腦袋深處的記憶開關啪地一聲打開了。

——你是雨宮誠吧？

我在醫院的病床上看到天使。眼前這個叫明智的人和天使的臉重疊在一起。

就是他……我在醫院見過明智。所以這是真的？

明智翻開活頁夾說：

「那我們繼續說下去。目前發生在你們身上的是『肉體的死亡』。當人將死之際，會由我們嚮導將靈魂從肉體中抽離，帶來這個地方。這裡是『靈魂管理中心』，管理所有動物的靈魂。不同的動物由不同的局負責，分為『昆蟲局』、『動物局』和『人類局』，人類局還會根據不同的語種，進一步細分負責的區域。目前兩位所在的是以日文為母語的人聚集的『日文圈支部』，簡單地說，這裡就像是『三途川』。」

「死了會怎麼樣？」日菜一臉戰戰兢兢，在一旁舉起手發問。

「首先要接受『靈魂的審核』，將生前過著怎樣的方式換算成分數，衡量靈魂的價值。審核結束的靈魂就可以重新設定，根據獲得的分數變成不同的動物進入輪迴。輪迴的時間通常為三十年到五十年期間，由名為『保管部』的部門負責管理靈魂。順便說明一下，這時候死者有一項特別待遇。」

「特別待遇？」

「可以讓現世下雨。」

「下雨？是那個雨嗎？就是天空下的雨嗎？」日菜瞪大眼睛。

「是的，有時候明明是晴天，天空不是會下雨嗎？那就是死者下的特別的雨。」

一切都難以置信，我當然不可能相信。

「死亡並不可怕，既沒有疼痛，也不會痛苦——」

「但我不想死！」日菜打斷他，大叫起來。「我們還有很多該做的事，我們還有夢想。我沒關係，歸根究底，是我說要去那個公園，才會造成這樣的結果。但是看看……至少讓看看可以起死回生！拜託了！」

「等一下！如果妳不和我在一起，就沒意義了！」

「兩位請先不要激動。」明智安撫著我們，然後微笑。「請放心，你們不會死。」

「不會死？」我們異口同聲地問。

「是的，你們獲選成為『奇蹟對象』。」

「奇蹟對象？」我聽不懂這句話的意思，重複一次。

日菜探出身體問：「我們真的可以不用死嗎⁉」她似乎很激動，呼吸很急促。

「但是，你們要回去現世，必須有一個條件。你們從現在開始——」

明智似乎遲疑一下。能登看著他，眼神似乎在說：「挺住！」明智點頭，帶著緊張的表情面對我們。

「你們從現在開始，在未來的日子裡，必須搶奪同一個生命。」

「搶奪同一個生命……」

「嗯嗯，這就是『生命共享』制度。」

生命共享？我從來沒有聽過這個名詞。

「我們會向你們提供二十年生命的奇蹟，但是你們兩個人共同擁有二十年的生命，每個人有一半的十年壽命，彼此搶奪對方的生命。」

日菜的頭上冒出問號。我也一樣，於是我對明智說：「請你說得更簡單明瞭些。」

「不好意思，這是以幸福為指標搶奪生命的制度。你們即將回到原來的生活，但是在未來的生活中，當其中一方感到幸福時，就會奪取對方一年的生命。相反地，如果感到不幸，就會被對方奪取一年的生命。」

「這個制度是怎麼回事？我不瞭解其中的意思。」我不滿地說，「假設兩個人同時感到幸福時該怎麼辦？」

能登回答了這個問題。

「即使兩個人同時感到幸福，各自得到的『幸福量』不會相同。這取決於與生俱來的體質和性格，當然不幸的量也是。」

「要怎麼測量幸福量？」日菜問。

「要用這個手錶。」能登把黑色盒子放在桌上。盒子內有一對圓角矩形的手錶，沒有錶盤，有點像智慧型手錶。一只是黑色，另一只是漂亮的紅色，比黑色的小一圈，那是女生用的嗎？

「你們戴戴看。」能登把盒子從桌上滑過來，將手錶交給我們。

但是，一戴上去……我們感到遲疑，她有點不耐煩地說：「放心吧，即使戴上手錶，生命共享也不會馬上開始。」

我們提心吊膽地戴上手錶，電源立刻打開，手錶的螢幕上顯示了『測量中』的文字。錶盤上出現許多難以理解的文字，似乎正在計算。隨著『認證完成』的文字後，換成了不同的畫面，出現像汽車轉速表般的圖案，從左到右分別是1、2、3……到10的數字，指針剛好停在正中央5的位置。這個計量表的下方是數字『10』。這個數字到底代表什麼？

「指針是不是指向5？這代表你們目前的心情處於平靜狀態，完全沒有感到喜悅，也沒有任何悲傷，但是一旦感到不幸，指針就會向1的方向移動。」

能登的話音剛落，指針就向4、3、2……移動。

「假設小鬼感到不幸，指針指向1，你就會被女人奪取一年的生命。」

當指針指向1時，發出「嗶喀！」的聲音，計量表下方的數字變成『9』。

「啊，我的手錶變成11了。」

我探頭看向日菜的紅色手錶，發現計量表下方的數字變成『11』。這個數字應該代表我們的『餘命』。

「這樣的話，小鬼的生命只剩下九年，女人的生命變成十一年。一旦完成生命的交換，計量表的指針又會回到5的位置。」

我確認手錶的螢幕，發現指針指向『5』。

「這次換小鬼感到幸福。」

我手錶上的指針指向10的位置。嘎鈴！隨著清脆的聲音，計量表下方的數字回到『10』。

「這樣你就把生命拿回來了。你們在未來的日子裡，就是用這種方式爭奪生命。」

我傾注所有的腦力消化接收到的資訊。雖然感覺上能夠理解，但還是難以相信這是發生在我們身上的現實。

「剛才提過，這個計量表的活動情況會因人而異，必須在生命共享開始之後，才能瞭解實際活動的情況。」

能登說完這句話，抱著雙臂不再說話。她似乎把主導權交還給明智。

明智看著我們的眼睛，謹慎地一字一句對我們說：

「你們有權選擇要不要接受奇蹟。目前你們的身體處於垂危狀態，你們剛動完手術，正在昏睡。如果願意接受奇蹟，就可以馬上回到現世，等你們醒來之後，不會有任何傷，也不會有後遺症。在健康的狀態下展開奇蹟生活。」他輪流看著我們兩個人，催促著我們做出選擇。「你們的決定如何？」

我握緊了放在腿上的雙手，想起曾經對日菜說的話。

——等到夢想實現的時候，就可以看到妳寫的信了。我會努力，希望可以早日把時光膠囊挖出來。

真的可以接受這件聽起來很可疑的事嗎？會不會是什麼陷阱？不，先不要想這些，我不是還有該做的事嗎？所以……

我望著明智那雙棕色的眼眸。

「我要回去，願意接受這個奇蹟。」

「看看……」

「日菜，我想和妳一起回去。我們的夢想不是還沒有實現嗎？在我們的夢想之家完成之前，無論發生任何事都不能死。我不想死，我希望可以和妳一起繼續活下去。」

「太好了。」日菜安心地吐出一口氣，「你很消極，想到你可能會說，不願意接受這麼可疑的奇蹟，內心就很緊張。」

「被妳發現了嗎？我的確有過這個念頭，但是——」

「你們最好想清楚。」

明智苦惱的聲音傳入鼓膜。

「共享生命比你們想像的更加困難，千萬不要想得太簡單。你們要仔細思考之後再回答。」

「喂，明智。」能登叫著他，聲音中明顯帶著怒氣。「這是他們決定的事，你不要亂插嘴。」

「但是……」

「我隱約察覺到這不是一件容易的事，」日菜說完這句話，對明智微笑。「但我認為我們一定沒問題。看看，我們是不是不會有問題？我們不會爭奪生命，一定會相互扶持，對不對？」

她的眼神中沒有猶豫，我點頭回答說：「當然。」

明智看著我們，輕輕點頭。「我瞭解了。」但是，看他的表情，似乎仍然無法接受。

「那請你們看著手錶。」

我們看著手腕上手錶的螢幕，上面顯示了像電腦電源按鍵的標示。那似乎是開始鍵。

「只要你們同時按下按鍵，你們的靈魂就會回到現世的肉體上，從那個瞬間開始共享生命。如果你們做好心理準備，就請按下按鍵。」

爭奪生命——我還不瞭解這到底是怎麼一回事，不瞭解其中的痛苦、困難和所代表的意義。我當然感到不安，感到恐懼，想到即將踏入一個未知的世界，全身就忍不住繃緊。但是日菜已經說了，我們一定不會爭奪生命，一定會相互分享，所以不會有問題，絕對沒問題。

「日菜，要按嘍？」

我把手指緩緩放在發出綠光的按鍵上。手指因緊張而顫抖。我用力吸一口氣。然後說：

「一、二！」

我們同時按下按鍵。

醒來時，我們躺在醫院的病床上。醫生說：「你們的傷勢這麼嚴重，竟然還能夠活下來，簡直是奇蹟。」即使告訴他們，真的發生奇蹟，他們應該也不會相信，因此我們都沒有提這件事。明智說得沒錯，完全沒有疼痛，傷口神奇地很快癒合了。

「在那裡發生的事，好像全都是一場夢。」

我去找隔壁病房的看看，他這麼對我說，然後笑了。但是，我們的手上都戴著手錶，就是那個測量生命的手錶。計量表下方顯示著『10』的數字，這是目前所剩下的壽命。這麼一想，就沒來由地緊張起來。

「我們現在這樣，也在爭奪彼此的生命。」

看看望著手錶，用力吞著口水。

「沒錯。」

聽到能登說話的聲音，我忍不住驚訝地轉過頭。

明智和能登站在窗邊。兩個人仍然穿著喪服。

「你們怎麼會在這裡!?」我從圓椅上起身。

明智伸手示意我坐下。

「我們會負責協助你們的生活，如果遇到任何困難，可以隨時問我們。我負責誠，能登小姐負責日菜。」

「所以你們會一直在我們身旁嗎？」

「小鬼，你放心，我們對你們的甜蜜同居生活沒有興趣，不會妨礙你們。即使看了，也只會讓我們想吐，只有你們叫我們的時候，我們才會出現。有事的時候叫我們的名字，我們就會出現。」

「看看，有能登小姐他們協助，那就安心多了！」

「……日菜，妳好像很高興。」

「既然認識了，如果再也見不到，不是有點難過嗎？」

「是嗎？」

「是啊！能登小姐，明智先生，以後請多指教！」

多虧他們，我們才能活下來，從今以後——

嗶咯！

看看的手錶發出聲音。「啊？」我們同時看著各自的手錶，我的計量表下方的餘命增加了一年，變成十一年。

「剛才是我奪取了你的生命嗎？」

「……應該是，但是為什麼？」看看不安地看著明智。

「剛才是日菜的幸福量達到10，於是奪取了你一年的生命。」

「這樣就奪取了!?我完全沒有感到幸福！這個手錶是不是壞了!?」

「沒有這種事。」能登斬釘截鐵地說，「這只是用手錶的方式讓你們清楚瞭解爭奪生命，並不是機械在運轉。」

「既然這樣，為什麼這麼輕易就奪取我的生命!?」

看看也大聲問道。這時，護理師走進病房，我們的談話只好中斷。護理師似乎看不到那兩個嚮導。

我再度低頭看著手錶。我為什麼會奪取看看的生命？剛才只是感到有點高興而已……

我們首先要充分瞭解規則。看看這麼說著，把明智說明的共享生命規則寫在紙上。規則的內容如下：

關於共享生命的規則

1. 日菜和誠兩個人共同擁有二十年的生命。兩個人擁有同一個生命，分別擁有一半，十年份的生命。兩個人必須相互爭奪這個生命繼續活下去。

2. 爭奪生命的基準是『幸福量』。其中一人感受到幸福，幸福量達到10，就可以奪取對方一年的生命。相反地，如果感到不幸，幸福量減少到1，會被對方奪取一年的生命。

3. 即使兩個人同時感到幸福，每個人感受幸福的方式不同。如果對方的幸福量只有8，自己很可能只感受到6而已。發生的事、當時的心情和精神狀態，會導致幸福量發生變化。

4. 幸福的判斷基準是喜怒哀樂。喜悅和快樂會帶來幸福，憤怒和哀傷會導致不幸。即使些微的感情變化，也會反映在幸福量上。

5. 為了方便起見，稱測量幸福量的手錶為『生命錶』。除了兩個當事人以外，其他人看不到生命錶（嚮導例外）。生命錶和智慧型手錶一樣，只有朝向臉部時，才會顯示錶盤，可以確認幸福量和剩下的生命年數。

6. 生命被奪取時，生命錶會發出『嗶咯』的聲音。奪取對方的生命時，會發出『嗄鈴』的聲音。即使不看手錶，也可以聽到聲音，但音量並不大，在人群中或是有很多噪音的地方，很可能無法察覺。音量無法調整，必須隨時注意。

7. 一年之後，壽命就會減少一年，餘命只剩下十八年（每個人九年），之後兩個人繼續爭奪十八年的生命。隔年會再減少一年，相互爭奪的生命總數會隨著經過的年數逐漸減少。

8. 在奇蹟發生期間，不會罹患致死的病，但如果發生車禍、自殺或是被捲入他殺時，即使在共享生命執行期間，也會死亡。一旦其中一人死亡，原本所擁有的生命就由另一個人繼承，共享生命宣告結束。

9. 不得洩漏共享生命的事，不可以告訴別人有關嚮導和靈魂管理中心的事。一旦洩漏，奇蹟就會強制結束，剩餘的生命遭到沒收，兩個人都會死亡。一旦洩漏相關情事，觸犯『奇蹟法』，必須受到懲罰。

10. 可以在中途退出共享生命，只要向嚮導提出棄權，就可以退出。一旦提出之後，就不得取消。放棄的人所剩下的生命會被另一人奪取。放棄奇蹟同樣是觸犯『奇蹟法』的行為。

11. 一旦所有的生命都被奪取，生命錶上會顯示『0』，無法再相互爭奪生命。當生命只剩下『0』時，就只剩下一天的生命。在二十四小時後，會因心臟病發作死亡。

12. 共享生命後死亡，可以進行死後輪迴，但會和普通人一樣，靈魂得到淨化，這次人生的記憶和經歷奇蹟的事都會忘記。

在打工的地方開完會回到家時，我像往常一樣拉開很卡的玻璃門。日菜像往常一樣走出來迎接我，對我說：「你回來了！」

我們住院數日就順利出院，很快恢復往日的生活。我在出院隔天就開始打工，目前在朋友的設計事務所協助一個車站大樓的建案。雖然還沒有走出圖書館設計競圖被淘汰的打擊，但我不能一直悶悶不樂。即使遭遇痛苦，即使出了車禍，即使發生奇蹟，日子還是照樣要過。日菜在緣姊的指示下休息一週，但她個性勤快，似乎覺得整天悶在家裡很痛苦。

「這個給妳，我帶回來的禮物。」我把原本藏在身後的蛋糕盒遞給日菜。

「蛋糕!?」日菜的雙眼好像寶石般亮起。「是『鎌倉世界』的乳酪蛋糕！太棒了！」

日菜興奮得跳起來。太好了，作戰成功。她之前一直抱怨無聊，所以我希望她打起精神。這下子她終於又有精神了——嗄鈴！

日菜的生命錶發出聲音，我們嚇了一跳，愣在那裡。

「……妳、妳剛才奪取了我的生命？」

「對、對不起……」

日菜一臉快哭出來的表情看著手錶，這時，我的手錶發出「嗄鈴！」的聲音。她似乎產生罪惡感，手錶將她的罪惡感視為不幸，剛才被她奪取的生命又回到我身上。

太好了……我鬆了一口氣。其實在開會時，手錶也「嗶咯！嗄鈴！」響了好幾次，當時我既沒有感到幸福，也沒有感到不幸，原因都在於日菜。八成是她像剛才一樣感到幸福之後，立刻想到「慘了！」產生罪惡感，讓生命回到我身上。一整天下來，生命忙碌地在我和她之間移動，讓我一整天都提心吊膽。

「為什麼會這樣？」日菜語帶厭倦地問，「不知道為什麼，我很容易奪取你的生命……」

我坐在門口的脫鞋處，解開靴子的鞋帶時問：

「具體來說，大概是什麼時候會奪取我生命？是不是遇到了什麼開心的事？」

「完全沒有，只是覺得電視很有趣，或是午餐吃的義大利麵很好吃，還有來院子裡玩的流浪貓很可愛，差不多就是這種程度的事。」

「只是這種程度？」我驚訝地轉身看著她，「我即使在工作上受到稱讚，幸福量也最多只有6或是7而已。」

「為什麼我的幸福量一下子就存滿了？手錶果然有問題嗎？」

單調的住院生活並沒有發生什麼特別的事，所以我們之間並沒有發生太多次爭奪生命的現象，但在磐田夫婦來醫院探視我們時，日菜奪取了我很多生命。雖然能登曾經說「計量表在每個人身上的計量方式不同，也會因為體質和性格而異」，但日菜的幸福量未免累積得太快了。我們至今仍然沒有充分瞭解共享生命的要領，無法理解這到底代表什麼意義，為此傷透腦筋。

「總之，在適應之前只能繼續觀察，要隨時注意手錶的變化。」

「嗯，對不起，我會隨時小心不要奪取你太多生命。手錶發出的聲音是不是很吵？」

「還好還好，但我肚子餓了。」

「啊，晚餐已經煮好了！今天要吃壽喜燒喔！」

「哇，好奢侈，為什麼突然這麼大手筆？」

「我去買菜時，肉店老闆送肉給我，說是要慶祝我出院，是葉山牛喔！是不是超高級!?」

嗄鈴！手錶又響了。日菜驚慌失措地說：「對、對不起！」於是我的生命又回來了。太奇怪了。真的如日菜所說，手錶故障了嗎？

我歪著頭準備走去盥洗室，日菜拉拉我襯衫的下襬。

慘了。忘了回家的親親。「對不起，對不起。」我向她道歉，日菜滿臉喜悅地閉上眼睛，把嘴唇湊過來。她等待我親她時候的表情很可愛，這個表情是只有我這個男朋友能夠欣賞到的特權。想到這裡，內心的優越感讓我忍不住放鬆臉上的表情——雖然不知道自己對誰產生優越感。幸福量當然逐漸累積，生命錶上的計量表顯示『8』這個數字。

我吻了日菜——日菜的手錶同時發出「嗄鈴！」的聲音。

「我又奪取了你的生命。」日菜抱著頭沮喪起來，她的罪惡感又讓她把命還給我。

這到底是怎麼回事？

「——雨宮？」聽到有人叫我的名字，原本正在看生命錶的我抬起頭。

幾天後，我在打工的設計事務所開會。平時我都在家裡畫設計圖，最近作業已經進入重要關頭，經常需要來公司參加會議。

「啊，是，怎麼？」

「你有沒有在聽別人說話？」設計所的同事皺起眉頭問。

我滿腦子想著共享生命的事，無法專心開會。會議室內的幾個同事都看著我。「對不起。」我低頭縮著身體。

他們看不到生命錶，可能覺得我看著手腕發呆，當然會生氣。不行不行，雨宮誠，這樣不行，要專心工作。

我將視線移回投影機投射在牆上的影像，但下一剎那，生命錶響起「嗶咯！」的聲音，日菜又奪取我的生命。

又來了……我忍不住嘆著氣。這幾天一直重複「奪取我的生命後又歸回」這種事，反正她很快會產生罪惡感，把生命還給我，只是這個聲音讓人心煩不已，讓人思考無法集中，根本沒辦法專心工作。

嗶咯！

咦？為什麼？我的生命又被奪取。我想起日菜今天開始叵『雨滴』上班。她說一個人在家太無聊，而且緣姊一個人在店裡也忙不過來。

嗶咯！

喂，不會吧！她根本沒有把生命還給我！

「雨宮？你有在聽嗎？」同事尖聲問道，聲音比剛才更不耐煩，我想用笑容掩飾，沒想到生命又被奪取。我大吃一驚，站了起來。我的手錶上顯示的餘命年數變成『6』。

不管怎麼說，減少的速度太快了！我坐立難安，說了聲：「不好意思！」衝出會議室，打電話給日菜，但她沒有接電話。

為什麼不接電話？煩躁壓在心頭。我又看了一次生命錶。只剩下五年。我在打電話時，又被奪取一年的生命。

我一次又一次打電話給日菜，但她完全沒有接電話。不安和煩躁像滾雪球般在內心深處累積。我打電話去『雨滴』，也打不通。目前是中午十二點，今天是星期六，而且是適合去海水浴場的晴朗好天氣，咖啡店內可能擠滿了前往用午餐的客人。

怎麼辦？等一下再打電話嗎？不，這是攸關性命的問題，不能置之不理。話雖如此，會議開到一半就跑掉未免——

嗶咯！嗶咯！

我覺得自己的心跳快停止了。竟然連續兩次被奪取生命。

我只剩下三年的生命。只要這支手錶再響三次，我就沒命了。

死亡的恐懼推了我一把，當我回過神時，發現自己衝出事務所。

我要去『雨滴』！苦苦等電話接通，就為時太晚了！

事務所位在藤澤車站附近，我一路跑到車站，跳上了江之電。

在住宅區之間緩慢行駛的電車令人焦急。我實在忍不住了，小聲叫了一聲「明智先生」，以免被其他乘客發現。

「什麼事？」明智無聲地從我身後出現。

「好奇怪，日菜一直感到幸福。」

「誠，現在知道原因了。日菜似乎——」

嗶咯！

「你看！又減少了！只剩下兩年！」

所有乘客都看過來，露出狐疑的眼神。他們以為我一個人在大喊大叫，但我現在沒時間理會這些人。

「誠，你先平靜下來，如果你感到焦慮和恐懼，會被視為不幸。」

「我當然知道！但我怎麼可能平靜！」我大叫，結果又響起「嗶咯！」的聲音，壽命又減少了。這次是因為計量表感受到我的憤怒。這根本是自掘墳墓。

只剩下一年的生命了。我感到頭暈目眩，搖搖晃晃靠在車門上，用顫抖的手把手機從牛仔褲右側口袋裡拿出來，但沒有拿好，手機掉在地上。我趴在地上撿起手機，直接撥電話給日菜，但是她沒有接。「可惡！」我憤怒地捶打電車地板。

『由於前方號誌燈發生問題，本列車臨時停車！』

屋漏偏逢連夜雨。電車停在鎌倉高中前車站不動了。

我推開乘客，跑到第一節車廂，用力敲打著駕駛座的窗戶。

「不好意思！請問什麼時候會繼續行駛？」

中年駕駛一臉為難，「很抱歉造成你的困擾，請再稍等片刻。」他似乎以為我在投訴，但這關係到我的生命，現在沒時間顧慮這麼多。

「我在問你要等多長時間！我在趕時間!!」

駕駛員的回答很不明確。這樣無法解決問題。就在這時——

「跑過去比較快！」

明智在我身後叫道。他指著鐵軌和大海之間的一三四號國道。

「從這裡跑去『雨滴』不用五分鐘！與其在這裡乾等，還不如跑過去比較快！」

他怎麼會知道『雨滴』在哪裡？但我搖搖頭。現在不是考慮這種問題的時候。我跳下電車，全速在海邊的國道上奔跑。

這天的天氣很熱。雖然梅雨季節還未結束，但連續好幾天都是酷熱的天氣。湘南的街道都籠罩在異樣的熱氣之中。不規則地反射陽光的柏油路面發燙，幾乎可以冒出熱氣。這份酷熱帶走我的體力，帶走我的水分，從我全身逼出豆大的汗水。我氣喘如牛，很想停下來，但我繼續奔跑。再不趕快，我就會死了。回到現世還不到一個月，我絕對不想死！

我衝上通往『雨滴』的石階，用力推開門。

白了。

「日菜！」我大叫著衝進店內，客人都看著我。我不理會他們，尋找日菜的身影。我滿身大汗，一走進開著冷氣的店內感到異樣的冷，我的臉色應該發白了。

「看看！」日菜拿著裝了咖啡豆的麻袋，從倉庫走出來，一臉吃驚。

「怎麼了？啊，你來吃午餐嗎？」

聽到她搞不清楚狀況的問話，我忍不住火冒三丈，不加思索地對著她大吼：「妳沒看手錶嗎？我只剩下一年的生命了！我打了好幾次電話給妳，妳為什麼都沒有察覺！」

她嚇得臉色發白，尖叫著：「對不起！我剛才太忙了！」

「搞什麼！這是理由嗎！」

日菜看著手錶驚慌失措，「怎麼辦……只剩一年了……怎麼辦？」

她陷入恐慌。「嗄鈴！」我的手錶響了。她把生命還給我了。我遠離死亡一步，渾身癱軟下來，我單手撐在吧檯上，重重地吐了一口氣。

「看看，對不起！我在做菜時，完全沒有注意到手錶的聲音！」

「沒有注意到……我之前不是說過嗎!?必須隨時注意手錶！」

嗄鈴！我的手錶又響了一次。太好了……這下子還有三年的壽命。

「你們兩個人都怎麼了？」

剛才在露台為客人點餐的緣姊走回來，一頭好像吸滿墨汁的黑髮漂亮地盤起。她還是很美，但她臉上帶著怒氣。「我不知道你們發生什麼事，但可以不要在這裡吵架嗎？」她用冰冷的視線看向我們。

客人也都看了過來，似乎表示同意。

我終於冷靜下來，對著店內所有的客人鞠躬道歉說：「對不起。」

然後，我帶著日菜走出咖啡店外。她因為自責哭了起來。

「對不起……看看，實在很對不起……」

她胡亂擦拭著滑落的淚水，一次又一次向我道歉。每次都可以聽到手錶發出聲音，她把生命還給我。我的餘命變成六年。這下子不會輕易死去了。

「我剛才說得太過分了，對不起，但妳以後要多注意。」

「嗯，對不起，實在很對不起。」日菜紅著雙眼，抬頭看著我。

看到她滿是自責，我忍不住感到內心隱隱作痛，很想緊緊抱著她，但如果這樣導致我的生命再度被她奪取，就本末倒置了。於是我決定把罪惡感放在心裡，回去設計所工作。我剛才沒打一聲招呼就離開會議，其他同事一定很生氣。手機有許多通未接來電，我該怎麼向他們解釋？無論如何，必須趕快回去。

我尋找明智的身影，想要為他建議我「跑過去比較快」道謝。

咦？他不在這裡。太奇怪了，難道他已經回去那個世界了嗎？

我左顧右盼，終於發現他。明智注視著緣姊。我打算開門叫他，但看到他的側臉，立刻閉上嘴。眼前的氣氛讓我開不了口。

那天晚上，日菜下班回到家後，我把兩名嚮導叫到客廳。他們就像打開電燈般突然出現在眼前。「怎麼了？」明智在餐桌旁的椅子上坐下，坐在桌子上的能登也一臉詫異。

「日菜奪取我太多生命了。即使每個人感受幸福的方式不同，但那樣的速度根本是異常。」

「對不起。」日菜在我身旁滿臉歉意地低著頭。

「不，我不是在責怪妳，」我把手放在她的肩上，「明智先生，共享生命的人都會以這麼快的速度爭奪彼此的生命嗎？」

「不，你們的速度的確太快了。」明智沉重地搖搖頭。

「是不是這個手錶有問題？」

「不是。」能登即刻否定，然後轉動著一雙大眼睛看著日菜說：「日菜，原因在妳身上。」

「……我？」

「小鬼說得沒錯，日菜累積幸福量的方式很異常，我從來沒有看過有人以這麼快的速度奪取對方的生命，所以我調查了一下，最後發現原因在於日菜的體質。」

「體質？」我無意識地開口問道。

「對，日菜是極度的『幸福體質』。」

日菜感到不知所措。我也一樣。我聽不懂這句話的意思。幸福體質是什麼？

「妳是比別人更容易感受到幸福的體質，也就是說——」

「可以輕易奪取誠的生命。」明智繼續接下去說。

「沒錯。」能登點頭，輕輕閉上薄薄的眼瞼。

「日菜很擅長搶奪生命，只要她願意，可以在轉眼之間把小鬼的生命全都奪走。所以——」

她接下來的這句話將我推入黑暗。

「你們爭奪彼此的生命不會持續太久，一旦小鬼死亡，這個奇蹟就馬上結束了。」

得知日菜是幸福體質後，我三不五時看手錶。能登說得沒錯，日菜很容易感到幸福，即使只是微不足道的事，她也會奪取我的生命，但她每次都感到自責，馬上把生命還給我。如果每天都這樣當然沒問題，但有時候工作一忙，她根本沒有發現奪取生命，所以只要我連續被奪取三次生命，就會打電話提醒她：「有沒有看手錶？」雖然好像在監視她，對她有點不好意思，但如果不這麼做，我轉眼之間就會沒命。

整天在意自己生命的日子令人沮喪。手錶發出的討厭機械聲，和我在意手錶的聲音，變得有點神經過敏，都成為一種疲勞，像鉛塊般重重壓在身上，我因此最近睡得不好，工作品質直線下降。

更何況日菜在睡覺時，也會奪取我的生命。她在夢中感受到幸福。一問之下才知道，她夢見我對她很溫柔。怎麼會這樣？簡直就像是我親手把命送給她。

她向來睡得很沉，必須費盡力氣才能把她叫醒。我為什麼要承受這些？每天晚上看到她呼呼大睡，就忍不住心浮氣躁，不知道有多少次因為這種憤怒失去生命。

為了避免自己太煩躁，我開始在一樓的書房鋪被子睡覺。

以後都要持續這樣的生活嗎？我看著在窗邊無力轉動的排氣扇，吐出了連自己也難以置信的重重嘆息。

為了擺脫這種生活，我在某個晴天的午後帶日菜外出。我想充分瞭解她會因為怎樣的事奪取我的生命，也許有什麼可以容易感受幸福的訣竅或是傾向，只要能夠瞭解，就可以找到解決方案。日菜很高興地說：「我們好久沒約會了。」但我拿著筆記本，瞪大眼睛，記錄所有讓她感到幸福的事項。

從結論來說，早知道就不做這種調查了。日菜每次都因為很微不足道的事奪取我的生命。吃冰淇淋就奪取一年。看到路旁的花很漂亮又是一年。散步時，看到吉娃娃抖動的樣子很可愛，又是一年。速度實在太快了，我不禁折斷手上的鉛筆。

「和你在一起太高興了，所以忍不住……」

「不不不不！即使這樣，妳也搶得太凶了！」

這會不會太不公平？我曾經因感到不幸而失去生命，卻從來不曾因為感到幸福而奪取她的生命。我為什麼這麼不容易感受幸福？

我和明智討論這件事，他對我說：「你可能和日菜剛好相反，屬於不容易感受幸福的體質。」太不公平了。日菜太容易感受幸福，我卻不容易感受幸福。兩個完全相反的人爭奪生命根本對我太不利了。

照這樣下去，十年的生命轉眼之間就會完全被她奪走……

日菜可能察覺我的焦急，每次奪取我的生命，就一臉抱歉，而且一次又一次向我說「對不起」，她似乎討厭能夠輕易感受幸福的自己。看著她悲傷的樣子很痛苦，但我因為日菜的罪惡感活下來。我陷入了這種進退兩難的困境，我們完全成了惡性循環。

必須解決這件事……我把工作丟在一旁，思考著避免被日菜奪取生命的方法。

在開始共享生命的兩個星期後，我終於想到了好主意。

「我想試試一個方法！」

那天晚上，日菜下班回家後，我立刻要她坐在沙發上。

「要試什麼方法？」

「就是這個，我希望妳看這個！」

我把恐怖片DVD放在沙發前的茶几上。日菜不喜歡看恐怖片，立刻抱著身體顫抖。

「什麼什麼!?」

「我想實驗一下，刻意感受恐懼，是否可以奪取生命。」

「啊!?我不要！我才不要看這種電影！」

「但如果成功的話，我們就可以調整生命。即使被妳奪取太多生命，當天晚上，我們就可以讓彼此的餘命恢復十年，或者可以讓我的餘命多一點，以防萬一。這麼一來，就可以消除妳的煩惱，我也不會這麼有壓力，簡直一舉三得。」

「雖然是這樣，」日菜低頭，思考片刻後抬頭。「你說得對！是我不應該奪取你這麼多生命，不能說什麼會害怕。好！那我就努力看！」

幸好她同意。我鬆了一口氣，把恐怖片DVD放進播放機。

我的方法成功了。日菜看恐怖片後，轉眼之間就把生命還給我。即使是刻意製造出來的恐懼，生命錶似乎也認為是不幸。太好了，這樣就可以調整生命了。

但是，一想到未來，心情就很灰暗。我和日菜是完全相反的兩個人，她異常容易感受幸福，我不容易感受幸福，以後還能夠像以前一樣生活嗎？原本以為我和日菜的未來不可動搖，如今卻出現一片又大又厚的烏雲。

憂鬱的夏天就這樣開始了。

以前包括朋友和老師等很多人都說「日菜，妳很純真」。我自己也承認。

即使遇到不愉快的事，只要睡一晚，就可以重新振作；就算遇到傷心的事，只要吃美食，就可以在轉眼之間拋在腦後。微不足道的小事也可以讓我高興，只要別人對我說幾句好話，我就會感到幸福。我為什麼會是這種性格？

我猜想應該和讀小學時有關。媽媽離家出走之後，爸爸變得沉默寡言。媽媽被其他男人搶走，而且那個男人還是爸爸的下屬，爸爸因此變得無法相信別人。他辭去工作，過著自甘墮落的生活。看到爸爸這樣，我很痛苦，每天放學後，都在公園內打發時間。

那時候，同班的阿研對我說：「越是辛酸的時候越要笑，妳這個笨蛋。」起初我聽不懂這句話的意思，生氣地反駁。「辛酸的時候怎麼可能笑得出來？」

阿研打我的頭說：

「妳少囉嗦！即使低頭悶悶不樂，也一點都不開心啊！辛酸的時候努力笑，才可能得到幸福。辛酸的辛和幸福的幸不是同一個字嗎？」

阿研自信滿滿地挺著胸膛說，我戰戰兢兢地指出問題：

「辛酸的辛和幸福的幸才不是同一個字，少了一橫。」

阿研連耳朵都漲紅了，又打一下我的頭。

「不要對我說歪理！不是幾乎一樣嗎？」

雖然頭被他打得很痛，但阿研太笨，我忍不住大笑。之後我盡情地笑，笑了很久，笑彎了腰，沒想到心情就舒暢了。那天之後，即使遇到痛苦的事，我一樣努力露出笑容，世界的霧靄消失，漸漸恢復晴朗的色彩。即使遇到不開心的事，只要保持笑容，就可以克服。微不足道的事也能夠讓我感到快樂，我猜想自己的內心漸漸變得不漏接任何幸福，我下定決心，無論遇到任何事，都要保持微笑。

但是，現在我不禁會想，我真的可以笑嗎？

因為，我奪取了他很多生命……

「──妳為什麼要這麼迎合他？」

我獨自在客廳看恐怖片時，能登突然出現在我身旁。殭屍狼吞虎嚥地吃人頭的畫面讓我看得很疲累，我用遙控器按下暫停鍵。

「妳的體質的確很特殊，比別人更容易感受到幸福，但因為這樣，妳就必須為了他，忍著痛苦，每天像傻瓜一樣看這種電影，這未免太不公平了，而且他自作自受的部分也要由妳為他填補，實在太荒唐了。」

「沒關係，沒關係，因為都是我不好。」

「妳聽好了，雖然妳屬於幸福體質，但反過來說，也是容易感受悲傷的體質，妳的感性太豐富，只要走錯一步，就可能自我毀滅。」

雖然能登的語氣很嚴厲，但她是在擔心我。

「沒關係，這種時候必須相互扶持。」

「唉，像妳這樣的女人會為愛毀滅。」能登用手掌摸著額頭，然後突然露出了嚴肅的眼神說：「要不要乾脆把他所有的生命都搶過來？並沒有規定妳必須和他一起活下去，既然這樣，乾脆把他所有的生命都搶過來，把這二十年用在自己身上更有意義，也更合理。」

我輕輕舉起手。

「……能登小姐，妳該不會沒談過戀愛？」

她的右側眉毛抖了一下。「妳說什麼？」

「對、對不起！我只是想到而已！因為一旦喜歡一個人，就不會去想合不合理這種事，只是想和那個人在一起——」

「我當然有戀愛經驗！」

她語氣強烈地打斷我，我忍不住笑了。

「妳在笑什麼？」能登皺著眉頭，「看來妳不相信？妳真是太沒禮貌了。我當然也談過一兩次戀愛，妳不要看不起我！」

如果我繼續吐槽她，她應該會更生氣，我決定取悅她。

「我想也是！妳這麼可愛，當然談過戀愛——」

「真是太讓人生氣了。」

「啊？」

「妳是不是不相信？」

「我、我相信啊！」

「少騙人了，妳的眼睛說明一切。妳心裡在想，這個妹妹頭的女人，明明沒有談過戀愛，還在這裡大放厥詞。哼，不要太看不起人。」

能登正打算咂嘴，我把臉湊到她面前，笑著說：「我真的沒這麼想。」

她繼續板著臉片刻，然後用力抓著後腦勺的頭髮，嘆了一口氣。

「也許妳說得對……」

咦？她怎麼突然變得這麼乖巧？

「我沒有談過像樣的戀愛。」

她似乎有點沮喪。她平時向來很豁達，今天好像小孩子。

她其實滿可愛的嘛……我才這麼想，她就用食指指著我，逼近我面前說：

「但是，那又怎麼樣？我反而覺得那些愛得神魂顛倒，就這樣決定人生的人問題更嚴重。妳聽好了，你們在共享生命，以戀愛為優先，完全相信對方未免太愚蠢。妳絕對會因為這個理由經歷慘痛的教訓，而且妳這種凡事想得太簡單的性格該改一改了。」

她的反擊很猛烈，我被她的氣勢嚇到，從沙發上跌下來。

「對不起！我是開玩笑！以後不會再說了！」

「知道就好。」能登抱著雙臂，用鼻子哼了一聲。

我說她沒有戀愛經驗，她似乎為這件事感到很懊惱，但她不是人類，我覺得沒有談過戀愛也很理所當然。

「日菜，我問妳——」能登降低音量，「真的沒問題嗎？」

「妳是指什麼？」

「這樣的生活對妳來說，真的是幸福嗎？」她的額頭上擠出皺紋。她一臉擔心，為了消除她的不安，我笑著用力點頭。「當然啊！」我現在也很幸福，而且百分之百這麼認為。

「但小鬼呢？他真心希望和妳度過往後的人生嗎？」我覺得好像有一支長槍穿過我的胸膛。我說不出話，好不容易才費力擠出幾個字。

「他當然……他當然希望啊！」

「是嗎？不好意思，我只是關心妳，妳忘了我剛才說的話。」能登消失了，就像強風吹走朝霧般，一眨眼的工夫就不見。只剩下獨自一人時，我看向敞開窗戶外的院子。溫熱的風吹來，微微吹起我的髮梢。能登的聲音在風中響起。我感到心痛。嗶喀！生命減少了一年。

能登說得沒錯，我已經發現了，看看的感情、他的心已經漸漸離開我。自從得知我是幸福體質之後，我們之間的談話減少了，我從他看我的眼神中，可以感受到警戒，他隨時膽戰心驚，擔心我奪取他的生命，我忍不住想，看看可能不再希望和我一起生活下去。

隨著落地門打開的聲音，聽到看看回家的聲音。「我回來了。」

「你回來了！」我帶著笑容走向玄關，他對我溫柔一笑。太好了，他的笑容一如往常，但他簡短地說：「我今天不用吃晚餐，直接開始工作。」說完，就走去盥洗室。我立刻抓住他的襯衫說：「看看，你是不是忘了什麼？」

他轉過頭，臉上露出短暫的陰鬱，不安就像黑色污漬般在我內心擴散。

「關於回家的親親，可不可以暫時取消？」

「啊？為什麼？」

「只要接吻，妳不是會奪取我的生命嗎？」

「這……但只要我看恐怖片，就可以還給你！」

我不顧一切地堅持，我不希望他的心離開我。

看看，拜託你，不要對我說這種話……

不知道他是否感受到我的心意，他摸摸脖頸，淡淡地笑了笑。

「對不起。妳說得沒錯，我們可以調整生命，所以不必擔心。我完全沒有顧慮到妳的心情。」

「不，是我太任性了，對不起。」

看看親了我一下，但我頓時感到心好像被揪下來般的疼痛。我用嘴唇感受到，這個吻完全沒有愛。他是基於義務親了我，感受著生命可能被奪取的恐懼，很不甘願地親我。

當我們的嘴唇分開時，看看露出微笑。那是擠出來的笑容。

啊啊，原來是這樣，原來我們的心早就分開了……

嗶喀！我的手錶發出聲音，我失去了一年的生命。他聽到了我悲傷的聲音，卻假裝沒有發現，只說聲「那我先去洗手」，匆匆轉身離去。看著他遠去的背影，我無法再說任何話。

「日菜，妳還好嗎？」

聽到緣姊的叫聲，我猛然回過神。午餐時間的喧鬧結束後，我停下原本正在洗碗的手，茫然地注視著流理台。

「之前車禍撞到的地方會痛嗎？」

緣姊坐在吧檯前托著腮，一臉擔心地看著我。

「不，沒有啊，我沒事。」我同時搖著手和頭掩飾。

「但妳最近好像無精打采，是不是和誠吵架了？」

我移開視線，緣姊淡淡地笑笑。她一定覺得我很不會說謊。

「那你們去那裡和好吧。」

說完，她遞給我一張紙。那是煙火大會的宣傳單。

「啊？但那天咖啡店不是要營業嗎？」

「沒關係，沒關係，妳剛出院不久，就每天來這裡上班，我覺得很不好意思。妳別管那麼多了，就和誠一起去看煙火，即使咖啡店休息一天也沒問題。」

嗄鈴！手錶發出叫聲。緣姊的心意讓我感到高興，結果就搶奪了他的生命。

我又闖禍了……不知道看看有沒有生氣。

「但是，真的可以嗎？」

「當然啊，希望你們留下美好的回憶。」

緣姊的心意令人欣喜，但我接過宣傳單看著，突然感到害怕。

不知道看看現在願不願意和我一起去看煙火……

回到家時，看看在書房坐在電腦前，我扶著拉門的門框問：「可以打擾一下嗎？」

他伸個懶腰，歪著頭。「妳回來了，什麼事？」

「我問你，下週海洋節那一天，你要幹什麼？要不要一起去看煙火？」

我把煙火大會的宣傳單攤在胸前，看看瞇起戴著眼鏡的雙眼。

不發一語的沉默很可怕。我緊張得心跳加速。

他看向寫著工作截止日期的桌曆，想了一下之後說：

「對不起，那天要開會。」

「這樣啊……那就沒辦法了！你之前就說過，最近會很忙！」

我要露出笑容。如果讓他發現我很難過，他又會不高興了。

嗶喀！生命錶又響了。

我低下頭，心想慘了，看看又開口。

「但是，如果工作提早結束，我就會去煙火大會。」

「可以嗎!?」

「嗯，一知道工作哪時結束，我就會打電話給妳。」

他一定顧慮到我會難過，所以才這麼貼心。他的誠意讓我感動。

「那我先去佔位置！我覺得去可以看到海的山崗公園比較好，那裡一定可以看到漂亮的煙火。啊，我白天就去佔位置！」

嗄鈴！這次因為高興，又奪走他的生命。我痛恨自己的單純。看看注意到我陷入沮喪，笑著說：「妳不必放在心上。」他今天特別體貼，我有美好的預感，煙火大會一定很棒。

我歡天喜地回到客廳，發現能登看著我。

——他真心希望和妳一起度過往後的人生嗎？

沒問題。絕對沒問題。去了煙火大會之後，我們一定會像以前那樣恩愛。絕對……

煙火大會的早晨。厚厚的雨雲籠罩著天空，好像隨時會下雨。我用手機查了湘南的天氣預報，傍晚的降雨機率是百分之五十，下雨或是不下雨的機率剛好各佔一半。

我把做得很醜的祈晴娃娃掛在窗簾軌道上，用力拍手後，在心裡向天氣神祈禱。

拜託！只要今天就好！今天千萬別下雨！

中午過後，看看出門去開會。「結束之後就打電話給我。」我送他出門後，開始做出門的準備。每年有很多遊客來參加江之島的煙火大會，所以我早點出門去佔位置比較保險。

我換上了很喜歡的深藍色圓點洋裝，這時門鈴響起。

啊喲，是誰啊!?偏偏在我忙著準備出門的時候上門！

我穿上洋裝，慌忙走去玄關，發現是宅配。是百貨公司送來的貨品。但我沒有向百貨公司訂購任何東西，難道是看看？

我看了寄件人的名字大吃一驚。竟然是緣姊送來的。

我小跑著回到客廳，撕開包裝紙，打開盒子，發現裡面竟然是一件浴衣。

我慌忙打電話給緣姊。

「喂，緣姊嗎!?剛才收到妳寄的東西！我收到浴衣了！」

『啊，已經送到了嗎？我猜想妳應該沒有浴衣，既然機會難得，妳就穿這件出門吧。妳和我的個子差不多高，我想應該很合身。男人很喜歡女生穿浴衣，分數會很高喔。那就先這樣。』
掛上電話後，我拿出盒子裡的浴衣。白色底色上是淡淡桃紅色的繡球花，腰帶是淡紫色的，感覺很可愛。緣姊的貼心打動了我，我一陣鼻酸。
慘了。我太高興，結果又搶了看看的生命。
我又闖禍，但現在對緣姊的感謝勝過罪惡感。
緣姊，謝謝妳……我把臉埋在浴衣內，發自內心感謝緣姊。
我動作生疏地穿上浴衣，參考網路上的影片，總算綁好腰帶，專心開始化妝，用心盤起頭髮。準備就緒，站在鏡子前——雖然自己說有點害羞——但我覺得自己比平時可愛好幾倍。
這件浴衣超級可愛，穿在身上，簡直就像變了一個人。
我用手機自拍後，傳訊給緣姊說『謝謝！』同時附上照片，緣姊回覆了一隻胖貓的貼圖。可愛的貼圖讓我笑了，沒想到心情一放鬆，又奪取了看看的生命。
哇，又闖禍了。我眨眨單眼。
我在兩點多時抵達可以看到海的山崗公園。主會場在江之島附近的海岸，離這裡很遠，這裡是觀光客不知道的秘境，沒什麼遊客，但有幾組本地人，從白天就開始喝酒喧鬧，已經喝得有幾分醉意了。

我把方格花布的野餐墊鋪在可以眺望湘南大海、視野良好的地方，然後坐在野餐墊上，低頭看著身上的浴衣。

不知道看看發現我穿浴衣，會不會稱讚我很可愛……

下午四點多時，不知道哪裡傳來號砲的聲音。交通管制開始了。我傳了電子郵件向看看確認『你來得及嗎？』但他沒有回覆。他應該正在忙。我用力抓著被蚊子叮咬的臉頰，很後悔傳電子郵件催促他。他會不會覺得我是個糾纏不清的女人……我正在想這些事，喝醉酒的大學生問我：「妳要不要和我們一起喝酒？」我苦笑著回答：「我在等人。」把他們趕走了，他們打量我的視線讓我痛苦不已。我用力握緊手機。

不知道看看可不可以趕快來這裡。

傍晚六點半後，夕陽開始西沉，天色越來越暗。天空勉強撐著沒有下雨，今天沒有太陽，風比平時更冷。

三十分鐘後，就要開始放煙火了。我閉上眼睛，祈禱著看看趕快出現。

又過了一會兒，前一刻還是群青色的天空變得漆黑，風比剛才更冷。我抖了一下，摸著手臂，前方傳來能登的聲音。

「小鬼真讓人傷腦筋。」

我抬頭一看，發現她背對著湘南的風景坐在欄杆上。

「妳被蚊子咬，被醉鬼糾纏，等了好幾個小時，那個男人真是的，應該趕快把工作處理完啊。」

我噗哧笑了，能登挑起單側眉毛問：「有什麼好笑的？」

「妳果然心地很善良。」

「善良？」

「嗯，妳總是為我擔心。上次不也是一樣嗎？妳因為擔心我，給了我很多忠告。雖然妳很毒舌，生氣時候很可怕，但心地很善良。」

「說什麼蠢話。」能登可能感到害羞，把頭轉到一旁。「我只是很不耐煩，看到妳整天在意那個小鬼就忍不住生氣。」

「呵呵呵，原來妳這麼傲嬌。」

能登的臉漲得通紅，想要爭辯，但突然露出了陰鬱的表情，然後小聲地問：「為什麼是他？不是還有很多好男人嗎？比起必須和他共享生命，過這種委屈的日子，這個世界上有很多讓妳相處起來很開心的男人，但妳為什麼只對那個小鬼執著？」

「我並沒有對他執著，只是我非他不可。」

能登歪著頭。

「在我眼中，他是唯一的男人，我的戀愛對象只有他一個人，而且他是我唯一的歸宿。」

「歸宿？」

「嗯嗯，我一直很希望有一個歸宿。我媽媽在我讀小學時，和男人私奔了，我爸爸整天坐困愁城，鬱鬱寡歡，在我讀高中時自殺了。」

即使現在，只要閉上眼睛，就可以回想起媽媽離家時的情景，和爸爸用繩子在家裡橫樑上吊的情景，以及我變成孤兒那一天的事。

「我經常忍不住想，如果那一天，我對媽媽說：『謝謝妳一直照顧我』；如果我對爸爸說：『你還有我』……但是，我無法拯救對我而言很重要的人，變成孤兒是理所當然，我沒有歸宿很正常……我一直這麼想，已經不抱任何希望了。但是，看看對我說，他希望有朝一日，可以建造和我共同生活的房子，還說這是他的夢想。他的這番話讓我很高興，簡直欣喜若狂。這是我這輩子聽到的最開心的話。所以我在當時就想，這個人就是我的歸宿。」

能登在聽我說話時，完全沒有眨眼。

「只要是為了看看，我願意為他做一切，只要是我力所能及的事。我希望有一天，能夠回報成為我歸宿的他。」

看看在我生日時，親手做了紅色雨傘給我，他下班時為我買了蛋糕回家，還買了刨冰機送我。他會溫柔地撫摸我的頭，也為了我，努力實現夢想。我發自內心認為，他所有這一切的溫柔，都是我無可取代的歸宿，所以我不想失去，以後想和他繼續在一起，持續守護寶貴的歸宿。

「歸宿嗎？」能登小聲嘀咕，然後以悲傷的眼神看著我說：「我以前也曾經有過這種想法。」

「啊……」

就在這時，煙火在天空綻放燦爛光芒。一個又一個煙火緊接著打上天空，點綴夜空。

開始放煙火了……煙火發出的砰、砰聲音在內心產生共鳴，緊揪著我的心。

數百道炫目的亮光接二連三地在夜空中綻放出美麗的花朵。

「他還沒有聯絡妳嗎？」能登在煙火停頓時小聲問我。

我輕輕搖頭。手機一直保持沉默。

「是嗎？太可惜了……」

她的聲音很溫柔，淚水忍不住在眼眶中打轉。

打動我內心的溫柔聲音絲毫不比煙火的聲音遜色。

「沒辦法啊，他要工作。」

我用盡全力擠出笑容。阿研說得沒錯，辛酸的時候要笑，即使再勉強，也必須面帶笑容。

滴答、滴答……天空飄下雨滴。

簡直就像拚命忍著淚水的天空，終於忍不住開始哭泣。

雨一下子變大，四周一片嘈雜。我收起了勉強擠出來的笑容。

緣姊特地送我的浴衣會被雨淋濕。

我用指尖擦拭眼角的雨水，發現很溫暖。我立刻知道那是淚水。

我好想和看看一起看今天的煙火……

因為沒有傘，我淋著雨走到車站。站在湘南單軌電車片瀨山站的月台上，我低下頭，雨滴順著髮梢靜靜地滴落。嗶喀！手錶響了。這個聲音告訴我，我正陷入悲傷。遠處傳來煙火的聲音。但我想聽的不是這些聲音。

我看向手上的手機。電話沒有響。電話沒有為我響起。

原來最希望手機響的時候，手機絕對不會響……

這個小型裝置沒有和任何人產生連結。這種想法令我痛苦，但在這裡哭泣太難看了。我必須忍耐。我緊緊握住束口袋的繩子，雙唇緊閉，閉上眼睛，拚命忍著不哭。

「……這裡沒有人。」

站在我身旁的能登在雨聲中小聲對我說。

「這裡沒有人，所以，日菜──」

能登微笑，眼角擠出了細細的魚尾紋。

「哭也沒關係。」

這句話滲進我心裡，淚水撲簌簌地從臉頰滑落，最後終於忍不住放聲大哭起來。能登看著月台外，在遠方天空中綻放的煙火，沒有看我哭泣的臉。她的體貼讓我感到高興。

在電車抵達之前，我獨自站在月台上哭泣。

我無論如何都不想去片瀨山的公園。

我在打工處的會議六點半就結束了，但我遲遲沒有離開事務所。

如果和日菜一起去看煙火，她就會感到幸福，奪取我的生命。

我正在想這件事，設計事務所的所長叫住我，說有事要和我談一談。

「——不好意思，沒辦法繼續再請你幫忙了。」

「為什麼!?」我從椅子上站了起來。

「大家都說，你總是心不在焉，茫然地看著手腕，根本不專心。而且最近設計圖的錯誤太多，上次不是甚至沒趕上截止日期嗎？」

所長說的完全正確，我無言辯解，只能沉默。

「我認為你在這裡很努力，我確實這麼想，但這是大家的意見，我身為所長，不能對大家的意見置若罔聞。不好意思，金額不多。」

他交給我的牛皮紙信封內裝了少許打工費。

我不到七點時離開了事務所，手機收到日菜傳來的電子郵件。看到她無憂無慮的郵件內容，忍不住有點浮躁。為什麼明知道自己的生命會被奪走，還要和她一起去看煙火？日菜白天的時候已經奪取了我好幾年的生命，她一定很興奮。如果再和她一起看煙火，馬上會死在她手上。但我也不想回家，如果日菜已經回家，就會撞見她。我現在不想見到她，一旦見到她，就會對她發脾氣。

所以，我在中途下了電車，漫無目的走向煙火大會的會場。

穿著浴衣的情侶吃著蘋果糖，開心地笑著。他們的樣子很耀眼。他們能夠和喜歡的人看著相同的東西，感受相同的幸福，但是我們……

在未來的日子裡，我們已經無法再感受相同的幸福。只要日菜一笑，就會奪取我的生命；只要日菜感到高興，我就更靠近死亡一步。之前和她在一起那麼幸福，如今甚至沒有勇氣站在她身旁。我很害怕，我害怕笑，害怕得無法自拔。

因為她的幸福就是我的不幸……

「咦？你是……」

聽到一個熟悉的聲音，我停下腳步。人群中，有一個身穿工作服的年輕男人。他是日菜的老同學畑中研。雖然我和他並不熟，但曾經在『雨滴』見過他幾次。他和幾個看起來像是工人，身材很壯的男人在一起，可能是他的同事。不知道他是否剛下班，臉上和衣服上都是泥土。

「啊，果然是你。你是日菜的男朋友吧？呃，我記得你叫看看？」

我不置可否地點點頭。

「你沒有和日菜在一起嗎？」

我苦笑著搖頭掩飾。現在我不想聽別人提到她。

「對喔，她還沒下班。對嘛，『雨滴』現在一定忙得不可開交，她當然不可能在煙火大會的日子請假。」

原來日菜設法請假了。想到她充滿期待，為了今天的煙火大會不惜請假，罪惡感就重重地壓在後背上。

「那我先走了。」我鞠躬說道。

阿研輕輕揮手，「不好意思，耽誤你了。」

我帶著難以形容的愧疚快步走向車站。

通往江之島車站的商店街有許多路邊攤位，擠滿行人。我在行人的笑臉中鑽來鑽去前進，突然感到臉頰冰冷。抬頭看向天空的同時，下起傾盆大雨。人們紛紛跑去躲雨，我停下腳步，注視著這場雨。驟雨在路燈的燈光下，美得宛如白色的流星。籠罩四周的雨聲讓我煩躁的心情漸漸平靜。

耳邊響起了爆炸聲。江之島方向的天空閃著紅色亮光，色彩繽紛的花朵在夜空中綻放。

雨中的煙火有一種淒涼的感覺。

日菜也正在雨中抬頭看著煙火嗎？

嗄鈴！手錶發出聲音。是日菜。她一定很難過，所以失去生命。罪惡感像海浪般襲來，我背對著煙火，逃也似地邁開步伐。

我在附近的咖啡店打發時間後回到家，她已經在二樓的臥室睡覺了。有一個衣架掛在門框上方的橫木上，掛了一件我從來沒有看過的浴衣。

日菜為了今天，還特別準備浴衣。

原來是這樣……所以今天白天，才會被她奪取好幾次生命。她一定看到自己穿浴衣的樣子很高興。但這也太奇怪了，她明知道這樣會奪取我的生命，為什麼還要穿浴衣？我討厭產生這種想法的自己。

我坐在沙發上，用手掌拚命拍著自己的頭。我對日菜感到煩躁的同時，也對自己感到憤怒。我對無法珍惜日菜、厭惡日菜的脆弱自己感到噁心。

「你是個薄情寡義的男人。」

背後傳來能登說話的聲音。我轉身一看，發現她坐在餐桌旁的椅子上。她的視線比平時更充滿攻擊性，她瞪著我，完全沒有眨眼。

「日菜從下午就一直在等你出現。她被蚊子咬，被醉鬼糾纏，被雨淋，但仍然持續等你，你至少該打個電話給她。」

「真難得啊。」

我不悅地說。她剪齊的瀏海下那雙雙眼皮的眼睛動了一下，漂亮的臉蛋上帶著怒氣。但我並沒有退縮，我站起來，走到能登面前說：

「妳很難得干涉我們的戀愛。妳之前不是說，對我們甜蜜的同居生活沒有興趣嗎？還說看了會想吐。」
「是啊，的確想吐。」
「既然這樣——」
「我看到你想吐。」
她冒著怒火的雙眼讓我把話吞了下去。
「所以我對日菜說，乾脆奪走你所有的生命，展開新的人生。」
「妳為什麼要說這種話！」
「因為會造成她的不幸。」
「不幸？」
「對，你遲早會造成日菜的不幸。」
我會造成日菜……這句話像鐵鍊般綁住我。
「你們不該繼續一起生活，你應該最清楚這件事，不是嗎？既然這樣，就請你趕快讓日菜自由。」
「能登小姐——」
明智的聲音響起，他像一陣風般出現在窗前。

「妳不該說這種話。妳不是經常對我說，我們嚮導必須隨時保持中立。這樣很不像是妳的作風。」

她似乎對自己說的話感到後悔，輕輕咂嘴後，在雨聲中消失了。

能登消失後，客廳變得格外安靜。

「誠，實在很抱歉。」明智對我一笑。他的笑容很親切，安撫了我激動的心情。「但是，你也有點太神經質了。」

「我當然會神經質啊，日菜太容易感受幸福了。只要稍不留神，她會在轉眼之間奪取我所有的生命。」

明智站在我身旁。我們站在一起時，才發現他比我高很多。

「但不能因為這樣就整天都看著手錶，否則你自己會發瘋。而且你不是也因為這樣，失去了工作嗎？」

原來他看到了。他竟然看到了那麼丟臉的事。

煩躁在胃中燃燒，這種憤怒讓我又失去一年的生命。

「你聽好了，即使你們在共享生命，也要正常生活。你們每天都在晚上調整生命，而且為了以防萬一，你不是擁有比日菜更多的生命嗎？她不會輕易奪取你所有的生命——」

「我會害怕。」我打斷明智的話，「想到有可能像上次一樣，我的生命只剩下一年，就會很害怕，我無法不在意自己的餘命。在學會調整生命之後，我稍微放心一點，覺得這樣應該沒問題了，但日菜還是會輕易奪取我的生命，所以每次聽到手錶的聲音響起，就覺得無論再怎麼調整都沒有意義。」

只要日菜一笑，我就感到害怕。看到她高興，我也會害怕。以前那麼喜愛她的笑容，如今卻成為傷害我的利刃。所以我希望她不要笑，希望她不要感到高興。然後又覺得有這種想法的自己是全世界最膚淺的人，我這個人怎麼會這麼討厭，但是，我無論如何都無法原諒日菜感到幸福。這些想法已經讓我感到疲憊不堪。

「明智先生，請你告訴我，其他人的情況怎麼樣？那些共享生命的人，都相互搶奪生命，繼續過日子嗎？」

他沉默片刻。我叫著他，他用力搖搖頭。

「據我所知，共享生命的人都沒有幸福的結局。」

我感受到好像鐵鎚打在我臉頰上的巨大衝擊。

「是怎樣的結局？」

明智吞吞吐吐，我逼迫他說：「請你告訴我。」他無可奈何地在旁邊的椅子上坐下。

「有一對年輕的情侶從帆船落水，溺水身亡，他們因此開始共享生命。他們應該很有自信，二話不說，就選擇回到現世。他們起初很順利地共享生命，印證了他們的自信，但是久而久之，女生無法繼續忍受。她開始疑神疑鬼，懷疑男生，覺得男生打算奪走她所有的生命。她變得極其神經質，最後——」

明智用指尖輕輕撫摸嘴唇後，嘆口氣。

「她刺殺了男生，打算奪取男生所有的生命。」

我們有朝一日也會像這樣……這種負面的想法掠過心頭。

「所以不要被困在相互爭奪生命這件事上，你要做你該做的事。」

「我該做的事？」

「對，你一定有在人生中，必須用生命完成的事。」

我看到放在桌子上的建築雜誌，封面刊登了真壁哲平的作品。那是一棟樸素卻洗練的乳白色外牆住宅。我看著那棟房子，一個想法像雨水般從天而降。

隔天，日菜還沒有醒來，我就走出家門。

我搭江之電來到藤澤，然後轉搭東海道線前往橫濱。我看著車站的指引牌，確認了目前的所在地，然後搭港未來線前往元町中華街車站。

我對周圍的環境並不熟悉，便看著手機上的地圖，尋找目的地，最後在山下公園後方找到一棟老舊的大樓。頗有歷史的大樓在周圍近代建築包圍下，很不自在地佇立在那裡。這棟建於昭和初期的房子當初是提供給外國人居住的公寓，如今作為普通的住商大樓，一樓是洗衣店和藥局，旁邊是通往入口的門。對開的老舊木門鑲了大塊玻璃，入口的地上鋪著馬賽克磁磚，有一種難以形容的風味。牆上的長方形不鏽鋼信箱上寫著房號和公司名字，我看著其中一家公司的名字，用力吞著口水。

三〇一室・真壁哲平建築研究所——

我無論如何都想瞭解自己在競圖中被淘汰的理由。我對自己的設計案很有自信，可以很有自信地說，這是我至今為止的作品中，最出色的設計案，所以在被淘汰時，我懷疑自己是否不符合競圖規定。我知道直接來詢問遭到淘汰的理由違反規定，即使這樣，我仍然很想知道。

我扶著石頭扶手走上階梯，兩條腿像綁了鐵球般沉重，每走一步，心跳就加速，呼吸也變得急促。

終於來到三樓，我在三〇一室前停下腳步。深棕色的木門看起來很沉重，我用指尖用力按下門旁門鈴上的音符符號。

『你好，這裡是真壁哲平建築研究所。』

不一會兒，對講機中傳來一個年輕男人的聲音。他應該是工作人員。

「不好意思，突然打擾，我叫雨宮誠。」我的聲音極度顫抖，「我參加了上次鎌倉市立圖書館的設計競圖，雖然遭到淘汰，但我實在無法接受，我來這裡，希望真壁老師可以告訴我，到底哪裡有問題。」

『很抱歉，我們無法回應這種問題。』

「可不可以通融一下？」我苦苦懇求，但對方掛上對講機。我還是無法放棄，打算不抱希望地再按一次門鈴——「喂！」一個聲音傳入右耳。我轉頭看向聲音傳來的方向，我驚訝得踉蹌了兩三步。

真壁哲平站在那裡。他穿了一件洗舊的白色牛仔襯衫和黑色長褲，襯衫的釦子一直扣到最上面那一顆，他一手抓著粗壯的脖子，詫異地看著我。他一頭花白短髮，五官看起來很神經質，很深的法令紋令人印象深刻。雖然他看起來比雜誌上採訪報導中矮胖，卻是如假包換的真壁哲平。也許是因為一身簡單的裝扮，他看起來很自由隨性。

我必須說點什麼。我努力讓混亂的腦袋鎮定下來，鼓起勇氣，向前一步。

「呃，我叫雨宮誠！今天來這裡，是想要打聽一件事！」

「你手上有參加競圖的設計圖嗎？即使你只說名字，我也不記得。如果你有設計圖，讓我看一下。」

他說完這句話，把厚實的手掌伸過來。我慌忙從皮包內拿出設計圖的影本。「我看看。」真壁哲平把紙稍微拿遠，好像抬頭看太陽時般瞇起眼睛。他眼睛老花了嗎？

「你認為這個設計案是幾分？」

一分鐘後，真壁哲平抬眼看著我，他的視線宛如槍口。

我小心謹慎地回答：「我認為差不多有八十五分。」

「所以才被淘汰啊。」真壁哲平說完，把設計圖交還給我。

我接過設計圖，抱在胸前說不出話。

「你認為像你這樣還不成熟的人，自我評價只有八十五分的作品，能夠得到我的肯定嗎？必須交出一百分的作品。還是說，你說八十五分只是保守的分數？擔心自己說的分數太高，會被我反駁說：『只是這種程度而已？』」

「我沒有這個意思！」

「你太天真了。」真壁哲平撇著嘴角，露出了嘲諷的笑容。

我停下原本想要伸出的右腳。

天真？我太天真了？

「建築物會持續留在那裡好幾十年，你卻認為只要八十五分的作品就可以了。你就只有這種程度的決心嗎？」

真壁哲平說完，打開門，走了進去。我聽著關門的聲音，回過神時，發現自己懊惱地把手中的設計圖捏成一團。

我丟了一塊石頭，隨著撲通一聲，水面泛起巨大的漣漪。

我從河畔的木板步道眺望北仲橋對面的港未來風景。像魚板形狀的橫濱洲際度假飯店的外形像魚板，旁邊是看起來很壯觀的摩天輪，車廂在橙色的夕陽下閃閃發亮。

「你還好嗎？」明智擔心地問我。

我咬著嘴唇，背對著他說：

「我原本很有自信，認為自己可以成為獨當一面的建築師。我進入知名的國立大學，學生時代就得過好幾個獎，只考一次，就進了大型建設公司的設計部，然後就進入那家公司工作。於是我就覺得人生比想像中簡單。老實說，我實在太自大了。進入公司之後，交到我手上的都是設計大樓的逃生梯之類無聊的工作，漸漸消磨我對建築的熱情……這種日子持續了三年之後，我開始覺得，這不是我想要投入的建築工作。雖然當初為求穩定，我進了大公司，但我真正想要建造的是像真壁哲平建造的那種將人類融入大自然，讓人和人之間更緊密結合的建築。於是我就考取一級建築師的執照後自立門戶。我有自信可以成功，我相信我有才華，相信上天賦予我建築的才華。但是我參加好幾次設計競圖都被淘汰，無法抓到機會，給日菜添了很多麻煩。原本滿滿的自信，像消氣的氣球般越來越小。」

我鬱鬱寡歡地駝著背。

「真壁哲平說得沒錯，我太天真了，完全缺乏決心。我之所以去問他遭到淘汰的理由，也是別有居心，覺得或許能夠得到真壁哲平的認同。他一眼就看穿我，我真是無可救藥的天真……」

「那你有什麼打算？要放棄建築嗎？」

我無法回答。我對繼續從事建築，有朝一日能夠做出成果這件事失去了自信，卻也沒有放棄建築的勇氣，我對舉棋不定的自己感到生氣。

「我沒辦法這麼輕易決定。」

「是嗎？那你可以一輩子活在後悔中。」

這句話很冷漠。我回頭看著明智，以為他生氣了，但他很冷靜。不，比起冷靜，更像是有點感傷。

「懷才不遇、因為在和別人搶奪生命，條件很不利，所以無法做出好成績、運氣太差、環境太差……你可以帶著這些想法活下去。」

「你真嚴厲……」

「對不起，」明智的嘴角露出笑容向我道歉，「但我向來覺得，人是整天在後悔的動物。每個人在走向死亡的這條路上，都或多或少帶著後悔。我在那個世界曾經面談過很多死者，我聽了太多他們的後悔，每次都忍不住想，既然這樣，為什麼不更努力？既然知道會後悔，為什麼當初不更努力？」

「這……」我很沒出息地看著下方，「你不是人類，所以不瞭解。人類是脆弱、沒出息的動物，無法輕易變得堅強。」

「的確沒錯，人類很脆弱。我剛才那句話說得好像和自己無關，你說得沒錯，人類的確是脆弱而沒出息的動物，我以前也這樣。」

「啊？」我聽不懂這句話的意思，抬頭看著他。

「我以前活著的時候，和你一樣整天煩惱。」

「你活著的時候？」

「對啊，我以前和你一樣，也是人類啊。」

明智是人類？我難以置信，但他的表情不像在說謊。

「那你為什麼會成為嚮導？」

「因為發生了很多事。」他露出了委婉的笑容，不置可否的笑容似乎在隱瞞什麼。

他來到我身旁，挺直身體，每次眨眼，長長的睫毛就微微顫抖，一雙大眼睛看著橫濱的街頭。

「人類是愚蠢的動物，平時完全沒有考慮到生命的事，一旦曾經接近死亡，就會被生命困住，無法動彈，變得軟弱、膽小，但是，我告訴你……」

明智以清澈的眼神看著我。

「生命是人類擁有的獨一無二、無可取代的東西，但也只是讓人類能夠活動的能量，我認為如何使用生命，才是人類真正的價值、人生的意義。我希望你能夠度過無悔的人生，即使只有十年的壽命，我希望你不要輸給共享生命這個不合理的奇蹟。」

水面反射著夕陽的光芒，映照在明智的側臉，看起來充滿神秘。他看起來真的像天使般發出光芒。明智用剛才那番話鼓勵我，但對現在的我來說，這番話太痛苦了，我無法直視他。我將視線逃向摩天輪的方向，皺著臉，無力地嘀咕：

「我做不到……」

我沒有自信。我沒有自信可以戰勝這個不合理的奇蹟，沒有自信能夠繼續和日菜共同生活下去。

我對自己的生命，對人生，對日菜完全無法下定任何決心。

看看的生日快到了。

八月三日是他的第二十七次生日。他在打工的地方被解雇後就一蹶不振，我和他一起慶祝生日，或許可以讓他稍微振作一點。

但我和能登聊起這件事，她勸我打消這個念頭。

能登蹺著二郎腿坐在沙發上，看起來很不高興。

「他在煙火大會時沒有遵守約定，根本沒必要為他慶生。」

「他說那天十點才下班，不能怪他。」

「誰知道呢。」能登把手肘放在沙發的扶手上，用鼻子哼了一聲。

「我可以問妳一個問題嗎？」我雙手撐在沙發的靠背上，看著能登問：

「妳為什麼對看看這麼嚴格？」

「我才沒有對他嚴格。」她的語氣很冷淡，而且從她的眼神就可以看出她在說謊。我和她相處超過一個月，已經看穿了她的性格。

我目不轉睛地看著她，她好像在趕蒼蠅般揮著手。「妳很煩。」我繼續看著她，她終於無奈地嘀咕。「因為很像。」

「和誰很像？」

「和我活著的時候愛上的男人……」

「妳愛上的男人？啊!?等一下！妳以前曾經是人類嗎!?」

「當然啊，難不成妳以為我是妖怪嗎？真是太沒禮貌了。所有的嚮導原本都是普通人，死後只有具備素質的人會被挖角。」

「原來是這樣啊……順便請教一下，妳是什麼時候離開人世的？」

「大正十二年（一九二三年）。」

「啊，難怪妳說話方式有點奇怪。」

能登瞪著我，我慌忙掩住嘴。我不小心把心裡的話說出來。

能登清清嗓子，以凝望遠方的眼神看著窗外。

「那是一九二三年的夏天。當時十八歲的我，愛上了一個男人。」

「嗯？等一下，該不會是要開始說民間故事？」

「什麼民間故事。」

「對不起……請繼續。」

「我當時愛上一個落魄作家檀平助，我的父母簡直就是無可救藥的人，我們家庭很不正常，當時我可能很渴求家人的愛。平助為這樣的我提供了歸宿。」

原來是這樣，難怪我上次提到「歸宿」時，她會有那種悲傷的表情。她當時一定想到了以前的男朋友，那一定是她無法忘記的人。真可憐。

「我愛得無法自拔，和平助在一起時，可以忘記所有不愉快的事，我覺得他是我的一切，所以，當平助被出版社退稿，自暴自棄，要我和他一起死時，我毫不猶豫點頭。」

嗯嗯嗯？一起死？等一下。好沉重。太沉重了。沒想到會變成殉情的故事……

「我們約好在相同的時間服毒，在天堂相見，然後道別。因為我想回去看家人最後一眼，雖然父母是無可救藥的人，但還是不忍和他們分開。」

「啊？所以你們在那天晚上殉情了？」

能登搖搖頭，「不，只有我一個人死了。」

「什麼？」

「我在那個世界聽嚮導告訴我，那天晚上，平助接到出版社的通知，說要錄用他的稿子，於是他就去酒館喝得很開心，還叫女人來陪酒，一副色瞇瞇的樣子。我完全不知道這種情況，一個人服毒而死。」

太、太悲傷、太悲傷了！結果繞了一圈，好像變成喜劇！

「我成為嚮導後，就一直等待他死的那一天。五十年後，終於又見到平助時，我朝著他的臉用力揍了五、六拳，然後讓他轉世成為渾身泥巴的豬。」

能登說到這裡，看著我。

「日菜，妳聽好，讓戀愛影響自己的人生最愚蠢。妳和我很像，一旦認定一件事，就會不顧一切往前衝，我在一旁看了，很為妳擔心。」

「別擔心，看看不可能做那麼過分的事。而且既然他生日，就想幫他慶祝一下，可以順便和好……」

能登嘆口氣，說了聲「隨妳的便」，就消失了。

然而，即使過了幾天，我仍然無法開口說生日的事。萬一他拒絕，萬一他不答應怎麼辦？這麼一想，就不敢貿然採取行動。我們之間比之前更少說話，他似乎避免和我在一起，一定是怕我奪取他的生命。我瞭解他的想法，變得更膽小了。

幾天後的午後，『雨滴』內沒什麼客人。因為天氣炎熱，所以露天座位空無一人。緣姊和一位經常來店裡的太太在可以吹到冷氣的座位有說有笑。

當時鐘的短針指向三點的時候，牛鈴響起，有客人走進來。

「初世太太！」我從廚房衝出來。

「日菜，妳好。」初世太太扣著收起陽傘的扣帶，笑容開朗。她今天穿了一件繡著可愛向日葵的襯衫，看起來很優雅。

我像往常一樣和她擁抱，聞到淡淡的薔薇香氣。

「妳怎麼會一個人來？真難得啊。」

「我去醫院看檢查報告，剛好來這裡附近，想來坐一下。」

「這麼熱的天氣，謝謝妳。啊，我為妳準備冷飲！妳想喝什麼？」

「嗯，」初世太太摸著下巴，看著斜上方。「那我喝檸檬香蜂草茶，今天天氣很好，我想坐露台的座位。」她指向庭院，然後挑選了蔭涼處的座位，坐下之後，看著庭院內被風吹動的樹木。

我正在為初世太太調冰的檸檬香蜂草茶，緣姊說：「反正現在沒什麼客人，妳可以陪她聊天。」於是我也為自己準備一杯，走向露天座位。

「——醫生說，我的癌症復發了。」

初世太太用輕鬆的語氣說道，好像在閒聊。

「已經轉移到很多地方，即使動手術也不會好。」

我手上的杯子差點滑落，不知道該說什麼。悲傷、驚訝和不知所措交織在一起，眼前的景色扭曲起來。

遠處傳來江之電電車駛過的聲音，車輪和軌道摩擦的聲音聽起來很刺耳。

初世太太很平靜。她為什麼可以這麼泰然？也許她已經為這一天的到來做好了心理準備。

「日菜，如果我死了，我老公可不可以麻煩妳？不是要妳照顧他的意思，只要有時候去看看他，就像現在一樣。」

「這當然沒問題……但是——」
不知道是否因為我的聲音顫抖，初世太太收起嘴角的笑容。
「初世太太，但是我希望妳之後也好好的……」
我費力擠出這句話，手錶發出「嗶咯！」的聲音。悲傷奪走了我一年的生命。
「謝謝妳。」初世太太柔和微笑，然後喝了一口檸檬香蜂草茶。「我已經活夠了，完全沒有任何遺憾。」
即使這樣，我也不希望聽到她這麼說，我希望她不要放棄活下去的希望。
「啊，有一個遺憾。」
「什麼遺憾？」
「就是你們的婚禮，無法出席你們的婚禮讓我感到很遺憾。」
結婚嗎……建立幸福的家庭是我從小到大最大的夢想。但是……
「不知道我們能不能結婚……」
「啊喲，怎麼了？不像是積極正向的妳會說的話。」
「說起來很丟臉，我和他吵架了，最近發生很多事。我們的感情可能出現危機。」

雖然我努力擠出笑容，但內心的悲傷又讓我失去一年生命。

「這可真傷腦筋啊，那我就特別傳授『戀愛秘訣』給妳。這是我至今為止一直注重的事。」

「是什麼!?我好想知道！」我從桌子上探出身體。

「妳先不要激動。」初世太太攤開手安撫我，然後輕輕笑笑。「其實稱不上是秘訣，就是下雨的日子，要比平時更體貼對方。」

「下雨的日子？」我眨著眼睛。

「下雨的日子，不是會讓人覺得很不舒服嗎？心情也很差，稍微有點不順，就會讓人很煩躁，不想去上班或是上學，無論做什麼事都懶洋洋。所以下雨的日子，要比平時更善待對方，如此一來，雨水就可以變成兩個人的『恩澤雨』。」

「但現在是夏天……」

現在是夏天，很少下雨。我們的恩澤雨一定不會下……

「夏天也沒問題，任何季節都會下雨。即使現在酷暑難耐，總有一天會下雨，不必擔心。」

初世太太對我露出笑容，眼尾擠出深深的皺紋。

「雨有時候會傷人，但也會滋養草木，為別人帶來幸福。雨水具備神奇的力量，一定可以滋養你們的愛情。」

那天傍晚，咖啡店提早打烊。

快到家時，天空發出轟隆隆巨大的聲響。打雷了。天空隨即下起像箭一樣的雨。看到這場雨，我立刻想到，這一定是恩澤雨。

好……今天要對看看說，我要為他慶生。

「——看看！」

我不顧衣服被雨淋濕，衝進書房。他看到被淋得渾身濕透的我，身體向後仰問我：「怎麼了!?」他可能在發呆，沒有察覺外面下雨了。

「你聽我說！你不是快生日了嗎！我們去吃大餐！」

「不，今年……」看看支支吾吾。

我抓住他的雙肩，「拜託！我無論如何都想為你慶生！沒問題吧!?拜託你了！」

他想了一下，沒有聲音的房間內響起心情暢快的嘩嘩雨聲。

看看靜靜地抬起原本低著的頭。

「好啊，偶爾慶祝一下可能也不錯。」

我以為自己聽錯，向他確認好幾次：「真的嗎!?」

「妳渾身濕透，這樣拜託我，我怎麼忍心拒絕？」

看看笑得眼睛像月牙，我抱著他的頭，把他緊緊抱在懷裡。

「看看，謝謝你！」

我太高興，不小心奪取了他的生命。

「日菜，很冷欸，而且小心點，太高興會奪走我太多生命。」

「啊，對不起。」我慌忙鬆開手臂，差一點又要讓他不高興了。

「那今天是提前慶祝！我來做你愛吃的雞肉蕃茄奶油燉菜！」

「妳幹勁十足啊，是不是發生了什麼好事？」

「嗯！因為今天下雨了！」

下雨的日子要好好對待看看，滋養我們的愛，很多很多的愛。

看看的生日到了。

晚上七點下班後，我慌忙衝出店外，現在要去買生日禮物。我已經決定要買什麼禮物給他。就是他一直很想要的那張椅子。雖然有點貴，但一定可以成為特別的禮物。幸好才剛發薪水。

我向餐廳預約了八點，現在去買禮物，應該剛好可以趕上。

我聽到按喇叭的聲音，看向石階下方，江之電鐵軌後方，看到阿研坐在輕型車的駕駛座上，從車窗探出頭。「對不起。」我向他道歉，走下石階，坐在副駕駛座上。「就是嘛。」阿研不高興地嘟著嘴唇，我要買的那張椅子很大，因此麻煩他一起去幫我搬。

阿研的車子駛向『Hephaestus』所在的鎌倉。夜晚的一三四號國道有點塞車，但車流在動。太好了，一切都很順利。

在紅燈停車時，阿研用手指敲著方向盤，斜眼看著我問：「最近怎麼樣？」

「什麼怎麼樣？」我歪著頭問。

阿研有點尷尬地看著向晚的大海。

「沒有啦，該怎麼說，最近妳和那個叫看看的傢伙還順利嗎？」

「什麼意思？你為什麼問這種問題？」

阿研嘴裡嘀嘀咕咕，欲言又止。我忍不住戳著他的側腹問：「你到底想說什麼？」

「很危險欸！」阿研扭著身體生氣地說，最後似乎決定作罷，用鼻子噴著氣說：「緣姊說，你們最近關係好像有點問題。自從上次車禍之後，緣姊一直很擔心妳，說妳無精打采。」

「沒這回事……」我忍不住說謊，阿研識破我的謊言，看著一臉尷尬的我，故意大聲地岔開了話題。

「啊！對了！我上次遇到了看看那傢伙，就是煙火大會那一天，在江之島的會場，他一個人走在那裡，該不會是和別的女人在一起？哈哈哈。」

擋風玻璃外的車尾燈看起來像灰色。

「……那是幾點的時候？」

「幾點呢？那時候快下雨了，所以應該是七點左右吧？」

看看那天不是十點才下班嗎？

原來他說謊。他覺得和我一起去看煙火，會被我奪取生命……

「妳怎麼了？」阿研一臉訝異地問，我內心慌亂，甚至無法回答。

抵達鎌倉時，車上的時鐘指向七點二十分。把車子停在投幣式停車位後，就直奔那家店。跑在前面的阿研說：「時間快來不及了，妳快一點！」他雙腳用力，加快速度。我拚命在他身後追趕，中途瞥見一輛黑色舊車子，一名中年男人正在把東西塞進後方座椅。

「喂，日菜！妳在發什麼呆啊!?」

聽到阿研的聲音，我回過神。現在沒時間停下腳步。「對不起！」我又奔跑起來。

一跑進『Hephaestus』的店內，我飛快地衝向那張椅子。

但是那張椅子不見了。

我攔住剛好在附近的女店員問：「放在這裡的那張椅子呢!?」

「剛才售出了。」

怎麼會……那是看看一直很想要的椅子。

「沒有其他庫存了嗎？」阿研逼近店員問。

「沒辦法喔。」

「沒辦法？什麼沒辦法？」

「就只有那一張椅子。這裡的每一張椅子都是手工製作，那椅子全世界只有一張……」

「怎麼會這樣？喂！那妳把剛才買走那張椅子的人叫什麼名字告訴我們！」阿研抓住店員的肩膀，但店員當然說「那屬於個資」，無法告訴我們。

「那個人什麼時候買走的？這總可以告訴我們吧。」

「五分鐘之前……」

「既然這樣，可能還在附近。」

阿研衝了出去，我打算跟在他身後。

「剛才有一個人把椅子裝上車。」

回頭一看，能登坐在一張圓凳上看著我，用力點頭。

我的腦海中閃過那輛黑色舊車子，原來裝進後車座的……

就是那張椅子！而且剛才看到的那個人——

「阿研！」我衝出店外，用力抓住他的手臂。「剛才有一個人把椅子裝上車了！」

「真的假的！是什麼車子!?妳有沒有看到車牌!?」

「沒有看到！但我知道那個人是誰！」

那棟老舊的四層樓大樓就在橫濱山下公園旁，我們目前在三〇一室，正緊張地坐在皮革沙發上。房間很寬敞，位在邊間，有很多窗戶，正中央有四張工作用的桌子靠在一起，每張桌子上都堆滿了資料。窗前有一張可以看到那四張桌子的大辦公桌。

「對不起，突然上門打擾。」

我看著坐在那張大辦公桌前敲打電腦鍵盤的男人——真壁哲平。

他穿著白色附有衣領釦的襯衫和黑色長褲。我想起看看之前給我看的雜誌上，他也是這身打扮。他該不會每天都穿相同的衣服？雖然白襯衫有一種清新的感覺，但同樣讓人覺得他很奇怪。不知道該說感覺他有點難以取悅，還是有藝術家的氣質，總之有一種讓人難以靠近的感覺。當然我相信一方面是因為我很緊張。

「因為教會的案子，所以有點手忙腳亂，我必須馬上回覆一封電子郵件，你們稍等我一下。」

真壁先生冷冷地說，甚至沒有看我們一眼。

我們面前的冰咖啡中的冰塊已經融化，在老舊的茶几上留下一灘水漬。日光燈發出喀滋喀滋的聲音，其中一盞已經不亮了。

阿研輕輕戳著我的肩膀問：「他是這麼有名的建築師嗎？」

「噓，小聲點，他超級有名。」我小聲對他咬耳朵。

「他看起來就只是普通的大叔而已啊。」阿研抱著雙臂，歪著頭說。

我看向真壁先生辦公桌後方，窗下有一張椅子，就是看看渴望的那張椅子。在橘色路燈的燈光下，可以清楚看到木頭的紋路。

「你們想要拜託我什麼事？」

五分鐘後，真壁先生從電腦椅上站起身走向我們。他的動作慢條斯理，不知道是不是腰痛，用右手大拇指的指腹用力按著後背，把身體挺成了反弓形。

「希望你把那張椅子讓給我，當然我會付錢。」

「你是做傢俱的學徒嗎？」

「啊？為什麼這麼問？」

「這張是『Hephaestus』的椅子，像妳這樣的年輕小姐竟然識貨，讓我感到有點意外。」

「不，我並不是很瞭解這張椅子，我是咖啡店的店員。啊，但是我們店裡的所有桌椅全都是『Hephaestus』。」

「喔？」真壁先生的嘴巴噘成圓形，「品味很不錯啊，請問店名叫什麼？我會記住這家店。」

「是位在湘南七里濱的一家名叫『雨滴』的咖啡店。」

「雨滴？」

真壁先生瞪大眼睛，然後噗哧一聲，嘀咕。「原來是那裡。」

「你知道那家店嗎？」

「不僅知道，那家店當初就是我設計的。」

「你設計的!?」

「我記得是二十年前，在我還是剛起步的小毛頭時接的工作。」

原來是這樣！難怪看看走進那家店，就忍不住東張西望！原來因為那是真壁先生的作品！

「所以你也認識緣姊——你也認識我們的店長嗎!?」

「店長？不，我不記得了。看來我老了，完全忘了接下那案子的來龍去脈，但我基本上會記得自己參與的工作。」

真壁先生說完，用手掌托著長了鬍碴的下巴撫摸著。

「這張椅子要放在『雨滴』使用嗎？」

「不，我想送給我男朋友。今天是他的生日，我知道這樣很沒禮貌，但我非要這張椅子不可，拜託你，請把這張椅子轉讓給我。」

「不好意思，這不可能。」真壁先生不加思索地回答，「這張椅子坐起來太舒服了，這是我好不容易找到的、全世界獨一無二的椅子，怎麼可能輕易轉讓給別人，而且我沒有成熟到願意為你們開心的約會錦上添花。」

真壁先生看向阿研，似乎以為他是我的男朋友。

「不，不是他，阿研只是我從小一起長大的朋友。」

「這種事不需要更正。」阿研害羞地用手肘頂向我的側腹。

「真壁先生……」我從沙發上起身。

他抱起雙臂搖搖頭。

「妳真糾纏不清啊，我不是說了，不可能轉讓給妳嗎？」

「不是，我只是想請教你一個問題。」

「問我一個問題？」

「對你來說，那張椅子是坐起來很舒服的特別椅子嗎？」

他納悶地歪著頭。

「因為我男朋友說了相同的話，說那張椅子坐起來很舒服，完全貼合他的身體，是全世界獨一無二的椅子。如果你也這麼覺得，他應該會很高興。」

「高與？」

「對！他也是建築師，很尊敬你。」

「這樣啊，那還真是榮幸啊，他是小有名氣的建築師嗎？」

「他叫雨宮誠，以後會成為知名建築師！」

「雨宮……」

「我們是因為你才會相識。如果我們的咖啡店不是你的作品，我相信我們不會相遇。」
「原來是這樣，所以我已經在不知不覺中為你們的戀愛錦上添花了。太有趣了。我向來很重視緣分，所有的工作都是緣分，微不足道的相遇，會對人生造成很大的影響。我和妳之間似乎有奇妙的緣分，不，也許是『雨滴』和我之間有奇妙的緣分。」
我聽不懂他的意思，用力眨著眼睛，真壁先生走去窗邊，然後坐在椅子上，說了一句令人難以置信的話。
「可以轉讓給妳。」
「真的嗎⁉」
「嗯，但是有一個條件。妳可不可以讓我瞭解妳對這張椅子的決心？」
他露出試探的眼神。對他來說，是像遊戲的感覺嗎？看到我六神無主的樣子樂在其中嗎？不，不是，看起來不是這樣。真壁先生很認真，他是真心想瞭解我的決心。對他來說，轉讓這張椅子，就像是把寶物交到別人手上。既然這樣，如果我展現的決心不夠徹底，他一定不可能把椅子讓給我。但是，他要我展現決心，到底該怎麼做？

「只要我能夠瞭解妳的決心，這張椅子就可以轉讓給妳。如果妳做不到，就請妳馬上離開。」

不行，我貧乏的想像力想不到任何好方法。怎樣才能……

這時，有一樣東西進入我的視野。那是插在筆筒內的美工刀。

心臟劇烈跳動，好像在耳朵產生共鳴。

「喂，日菜！」阿研的聲音聽起來很遙遠。

當我回過神時，發現自己手上拿著美工刀。

「我……」我用顫抖的聲音小聲說，「我……我用生命來表達決心！」

我閉上眼睛，把美工刀抵在脖子上。美工刀的刀刃漸漸陷進脖子，只聽到噗嘰一聲，溫熱的液體順著脖子流下。我流血了。

我受夠了。我不想再奪取他的生命，也不願讓他露出悲傷的表情，我受夠了這一切。

我用左手扶著顫抖的右手，然後想要用力把刀刃刺得更深——

真壁先生抓住我的手。

「夠了。」他搖頭，「如果妳死在這裡，我的生意就完了。而且在這麼短時間內，你們兩個人都來過這裡，也是一種緣分。代我向妳男朋友問好，妳可以把椅子帶走了。」

「真、真的嗎？」

「趁我還沒改變主意，趕快拿走吧。」

「謝謝……」

我全身發軟，當場癱坐在地上。阿研抓住我的手臂，扶住了我。

我和真壁先生四目相對，他看著我，淡淡一笑。

「妳剛才到底想幹嘛！」

回程的車上，阿研對我大發雷霆。幸好血已經止住了，但脖子隱隱作痛。我看著顫抖的手掌，還殘留著握著美工刀時的感覺。我至今仍然無法相信自己做出這種事，難怪阿研會生氣。

我看向後視鏡，看到那張椅子。我終於得到這張椅子……

我情不自禁露出笑容，同時聽到生命錶發出「嗄鈴！」的聲音。

慘了！我剛才太投入，完全沒有注意到手錶！

我的餘命變成十八年。這意味著看看的生命只剩下兩年了。

我看了車上的鐘，發現已經九點多，從背包裡拿出手機，發現他打了十五通電話。我回撥給他，但他沒有接電話。

「阿研，到餐廳還要多久!?」

「嗯，差不多十分鐘左右。」

我想趕快見到看看。我想當面把椅子送給他，想看到他喜悅的表情。

這時，接到了看看的電話。

「喂，看看嗎!?」

『妳人在哪裡!?』

我從來沒有聽過他這麼氣急敗壞的聲音，拿著手機的手忍不住發抖。

『妳沒有看手錶嗎!!我只剩下兩年！我之前不是就說過了嗎!?要隨時注意手錶！妳又忘了嗎？』

「對不起！但不是你想的那樣！拜託你聽我說！」

『妳為什麼可以若無其事奪走我的生命！難道不感到愧疚嗎？』

「你聽我說！我馬上就到了，我會向你解釋！」

『我已經離開了。』

「啊？」

『我早就離開餐廳，也取消了所有的餐點。根本沒辦法心平氣和坐在那裡吃飯。先別管這些，妳趕快回來，我們必須調整生命，拜託妳，不要再感到幸福了。』

「……那慶生呢？」

『這種事根本不重要。』

「怎麼……」

嗶咯！我的生命被奪去。

『太好了。』我聽到看看嘀咕。

太好了？看看剛才說「太好了」。

這句話一直縈繞在耳邊。我用力握著手機。

「看看，你看到我難過這麼高興嗎？」

『妳不要說這種話，我們在相互搶奪生命，這是無可奈何的事啊。如果妳不難過，我就沒辦法活下去，而且以後不要再慶生或是出門約會了。』

「所以你才沒有來。」

『啊？』

「煙火大會，因為你怕我奪取你的生命，所以沒有來，對不對？」

他沒有說話。他的沉默就是回答。淚水模糊了我的視野。

「我……我只是想和你在一起，只是想像以前一樣，和你共享幸福的時光，我只是這麼想……」

淚水忍不住撲簌簌地流下，看看無法感受到我的心情，他已經感受不到了。想到這裡，生命就不斷發出聲響，接連被奪走了。

「你現在滿意了嗎？」

『……』

「你心滿意足了嗎？我的悲傷就是你的幸福吧？」

『日菜……』

「看看，對不起。我奪走你很多生命，讓你深受痛苦；我感到幸福，讓你很不開心，實在對不起……」

我們應該無法繼續共同生活，他只要看到我，就會陷入痛苦；只要我高興，他就會心情煩躁。我只能藉由讓自己不幸，才能給他幸福。既然這樣——車子突然停下。我驚訝地看向駕駛座。阿研從我手上搶走手機，二話不說，掛上電話。

「阿研？」

「……不要哭。」

我看著阿研，淚水不停地流。

「不要再哭了……」

一行淚水從阿研的臉頰滑落。

「拜託妳，不要再哭了。」

聽到他這句話，看著他的淚水，我的淚水斷線，放聲大哭起來。

由比濱的天空群星閃耀，今天的空氣很清澈，但我哭累了，看到的星光也很模糊。

「妳沒事吧？」阿研坐在不遠處，用比海浪更小的聲音問我。

「阿研，我問你，你是不是喜歡我？」

「……啊？」

「你是不是把我視為戀愛對象喜歡我？」

「什麼!?誰會喜歡妳！別開玩笑了！我只是……」阿研一臉嚴肅，然後對我說：「對，我喜歡妳。」

「從什麼時候開始？」

「這種事我早就忘了，反正是從很久以前。」

「這樣啊……」我玩著腳邊的沙子，「不瞞你說，我有稍微察覺到你的心意，隱約覺得你可能喜歡我，緣姊也這麼說，但是一旦承認，可能會破壞我們目前的關係，我們相處會很不自在……」

我讓風吹走沙子，看著阿研的側臉。

「阿研，對不起。」

「不要道歉，這不是會顯得我很蠢嗎？」

說完，他把原本埋在沙子裡的小石頭丟向夜晚的大海。

「我實在很過分，明明察覺你的心意，卻還要你幫我去買禮物給男朋友，還在你面前曬恩愛，或是向你訴苦。至今為止，應該常常讓你感到不舒服。」

「沒這回事。」

「當然有這回事。」

「就說沒有了嘛。」阿研加強語氣，「我只是——」他看著我，露齒一笑。「只要妳幸福就夠了。」

「阿研……」

「只要妳今天和明天仍舊笑得像傻瓜一樣，只要這樣，我就感到很幸福。」

「幸福？」

「對，幸福，所以妳要笑，知道嗎？日菜。」

阿研扮著鬼臉，他想要逗我笑。我從他的臉上看到從小到大熟悉的笑臉，不禁熱淚盈眶，但我拚命揚起嘴角擠出笑容，不想認輸。

「就是這樣。」阿研看著我，用力點頭。「妳笑起來比較好，嗯，這樣比較好，看到妳剛才那樣難過的表情……要怎麼說，我……」阿研悲傷地說，「我會無法忍受……」

嗄鈴……手錶發出聲音。阿研的心意讓我感到高興。

「而且，我小時候不是曾經對妳說過嗎？只要辛酸的時候保持笑容，有朝一日，就可以得到幸福。」

「兩個字明明不一樣……」我低頭吸著鼻子。

「妳少囉嗦。辛酸的時候要笑著踏出一步，這一步就可以讓妳得到幸福。『辛』這個字只要加一橫，就變成幸福的『幸』了。怎麼樣？我是不是變聰明了？」

阿研嘿嘿笑著，挺起胸膛。他故意表現得很開朗。他的溫柔感動我，我的生命又增加了。我情不自禁感到幸福。我是個壞女人，竟然利用阿研的溫柔，阿研對我說的每一句話，都讓我感到高興，我藉由阿研的話，奪取看看的生命。我這個女人真是壞透了。

「阿研，對不起。」

「妳為什麼要道歉？」

「因為我無法回應你的心意，我喜歡看看。我知道自己很傻，知道和他在一起會傷害他，但是，我無論如何都喜歡他。」

「是嗎？這樣很好啊。」

「啊？」

阿研站了起來，用力拍著屁股上的沙子。

「即使別人笑妳傻，既然喜歡上了，就沒有辦法。喜歡的心情沒辦法用道理解釋。既然這樣，就努力到最後。我認為這樣很好。」

「那你呢？」

只要他繼續喜歡我，我就會傷害他。

「別放在心上，因為我——」阿研像小時候一樣滿面笑容，「我對妳來說，就像是躲雨的屋簷。」

「屋簷？」

「對啊，如果妳很痛苦、很悲傷，快受不了的時候……這種時候，隨時可以來找我躲雨。」

看著阿研溫柔的微笑，我內心的罪惡感像海浪般湧來，但同時很高興。對不起。我在心裡向他道歉。但是謝謝你，阿研，真的很謝謝你。

「好了，差不多該走了。我送妳回家。」

我看著生命錶。我的餘命還有十二年，看看還有八年的生命。他還有這麼多生命，今天晚上應該沒問題。

「我今天要去緣姊家打擾。」

「那我送妳去緣姊家？」

「沒關係，她家離這裡很近，我走路過去。」

「但是……」

「沒問題，我想走一走。」

我猜想阿研發現我在逞強，但還是對我說：「好吧。那張椅子怎麼辦？先放在我那裡？」

「嗯，而且不好意思，下次你願意再陪我把椅子送回去嗎？」

「送回去？妳要還給那個大叔嗎？」

「現在變成這樣，再送禮物給看看很奇怪，既然這樣，就該送回去。畢竟對真壁先生來說，這張椅子也很重要。」

「但是，這是妳……」

「沒關係。」

「日菜……」

「真的沒關係。」我笑著說。

阿研似乎無法接受，但還是點頭，然後拍我的頭說：「那就改天見。」我目送他離去的背影，獨自走在夜晚的沙灘上。能登在身旁一臉擔心地看著我，用眼神問我，妳沒事吧？我點點頭，慢慢走在只有海浪陣陣的海邊。

心情終於平靜時，我也來到江之電長谷車站附近。沿著縣道往北走了一段路，然後再往左轉，就看到那棟棕色外牆的兩層樓房子。那是緣姊所住的公寓。

緣姊開了門，穿著睡衣，沒有化妝，但還是很美。

「怎麼了？這麼晚來找我。」

「對不起，如果可以的話，今天可不可以讓我住在這裡？」

緣姊不發一語，讓我進房。

我洗完澡，換上緣姊借給我的睡衣回到客廳。五坪大的房間毫無情調，完全沒有任何有女人味的東西。桌上有個菸灰缸，木頭地板上放著一排威士忌空瓶。

我坐在半腰窗的窗台上，怔怔地看著遠處的路燈。風吹進來，掛在窗簾軌道上的水藍色風鈴靜靜地發出叮鈴、叮鈴的聲響。溫柔的音色療癒心靈。

不一會兒，緣姊拿著兩個杯子，從廚房走回來。黃金色的泡泡在淡藍色的杯子裡跳舞。

「這是住在老家的奶奶寄給我的梅酒，我試著加了蘇打水。」

「緣姊，妳不是向來堅守『不調飲料主義』嗎？」

這句話會不會有挖苦的味道？我說出口之後，感到後悔。

「是啊，但今天是例外。」

緣姊說完，向我拋了一個媚眼。我走到桌子前，坐在苔綠色的地毯上，雙手捧著其中一個杯子。

「我可以問妳一個問題嗎？妳為什麼不調飲料？」

「我說不清楚。雖然說不清楚，但總會感到難過。」

「感到難過？」

「嗯，雖然不知道理由，但覺得內心會隱隱作痛。真不知道為什麼會這樣。」

緣姊看向窗外，好像在尋找風。吹進來的夜風輕輕撫摸著她的臉頰，彷彿在安慰悲傷的她。緣姊打起精神，對我微笑。

「這是魔法梅酒，只要喝一口，就可以徹底忘記所有不愉快的事。」

「騙人。」我瞇起眼睛。

「是真的，是真的，妳喝看看。」

我半信半疑喝了一口，清爽的梅子香氣在嘴裡擴散，可以感受到泡完澡的身體一下子降溫。我把杯子放回桌上。

「說魔法有點太誇張了，但是很好喝，超級好喝。」

緣姊嫣然一笑。看到她的笑容，我想起阿研說的話。

——自從上次車禍之後，緣姊一直很擔心妳，說妳無精打采。

緣姊雖然臉上帶著笑容，但一定很為我擔心。她調這杯梅酒，也是為了激勵我。緣姊想要在我身上施魔法，讓我打起精神的魔法。想到這裡，眼睛深處忍不住發熱。

「日菜，」緣姊用纖細的手指撫摸著我的頭，然後露出像羽毛般輕柔的笑容。「妳今天很努力。」

她一定聽阿研說了……

「妳很努力、很努力，付出很多、很多努力。」

她一邊說著，一邊一次又一次撫摸我的頭。她的手摸著我的感覺、她的聲音、她的溫柔，全都深深打動我的心，變成淚水。我又奪走了看看一年的生命。

「別說了……我會哭……」

我說完這句話，淚水流下，但緣姊並沒有停止，一直溫柔地撫摸著我的頭。她纖細手指撫摸的感覺很舒服，我又忍不住落淚了。

「緣姊，對不起。」

「妳為什麼道歉？」

「讓妳擔心了，對不起……」

「妳在說什麼啊，我當然會為員工擔心啊。啊，我剛才這句話，感覺很有店長的氣勢。」

緣姊調皮地笑笑，我邊哭邊笑，但笑容很快就消失，我就像天空終於開始下雨般哭泣。無論再怎麼努力，淚水仍然不停地流。

「為什麼會變成這樣……」

我泣不成聲。

「我們以前感情那麼好……那麼幸福……為什麼……」

我已經無法再和看看分享幸福。雖然我希望他高興，希望帶給他幸福，但我為他做得越多，越會奪走他的生命，也會傷害他。我活在世上，既傷害阿研，也造成緣姊的困擾。到底是從什麼時候開始變成這樣？早知如此……早知如此，我就……

「根本不需要什麼奇蹟……」

我滿臉都是淚水和鼻涕，緣姊說著「不哭、不哭」，緊緊抱著我，拍著我的背。隔著睡衣，可以感受到她的溫度。

我把下巴放在她的肩上，嘀咕。

「和喜歡的人一起得到幸福真是太難了。」

看看，也許我不該再去想要為你做什麼，什麼都不做比較好。只要我在你身旁，就會妨礙你。

「當然很難啊。」緣姊笑著說，「每個人都不一樣，每個人感受幸福的方式也不一樣。」

也許是這樣……
「但是，日菜，」緣姊說話的聲音帶著哭腔，她的胸口起伏著。「只要妳幸福就夠了。」
「緣姊……」
「日菜，妳要幸福。」
說完，她緊緊抱著我。她的擁抱、她的溫暖讓我的淚水再度潰堤。
「我……可以得到幸福嗎？」
「當然可以，我一直這麼希望，一直希望妳比別人得到更多更多的幸福。」
當我看著緣姊時，她眼中噙著淚水，對我笑笑。她的笑容讓我感到高興。
但是，一旦我幸福，就會奪取你的生命。我不想這樣，我不想再折磨你。我不想再看到你被奪走生命時煩躁的樣子，也不想再看到當我陷入悲傷，你就感到高興的樣子。
窗外傳來雨聲。天空不知道什麼時候下起雨。雨並沒有滋養我們的愛情，照這樣下去，我們的愛應該會枯萎。

日菜還沒有回來。我坐在客廳的沙發上，持續等待著她打開玄關門的聲音。我看向生命錶，發現日菜的生命又減少了，她不知道在哪裡傷心難過。我說得太過分了。我為什麼會說那麼傷人的話？

我用力抓著頭，發洩著無處宣洩的情緒。明智說得沒錯，我最近太神經質了，但每次聽到生命錶的聲音，恐懼和焦慮就讓我全身無法動彈，然後忍不住想，為什麼日菜可以這樣若無其事奪取我的生命？她為什麼不努力不感到幸福？所以我拚命地想要她把奪走的生命還給我，即使明知道這會讓她感到痛苦，仍然自我辯解說「這是生命的問題，為了活下去，這是無可奈何的事」，然後持續傷害日菜，卻假裝什麼都不知道。

明智告訴我，另外有一對共享生命的情侶，最後女生攻擊了男生。有朝一日，我也會發自內心憎恨日菜嗎？想要奪取她所有的生命嗎？我不想繼續傷害日菜，既然這樣，那我只能做一件事，那就是和日菜邁向不同的人生。這是唯一的方法。

「你認為我們做得到嗎？我們雖然在共享生命，但有辦法過不同的人生嗎？」

我問明智，他輕輕點點頭。

「只要你們雙方妥善管理生命就沒問題，但是，這樣真的好嗎？我不是說對你而言，而是對日菜來說，你想要做的選擇真的是正確的選擇嗎？」

——看看，你看到我難過這麼高興嗎？

我想起她在電話中帶著哭腔的聲音。想到她一定很難過，內心就產生滿滿的歉意。我不想再讓她體會這種難過。

「這樣就好，我相信對日菜來說，這樣會比較幸福。」

沒錯，只要不和我在一起，日菜就可以幸福。一定是這樣。

兩個人無法在搶奪生命的同時活下去，我們已經不能再繼續共同生活了。

桌上的手機響了。也許是日菜。我一把抓起手機，看著螢幕。沒想到是磐田先生打來的。

『你明天晚上可以來我家吃飯嗎？』

磐田先生在電話中問我。但我現在不想見人，所以我說明天日菜不在家，想要用這個理由委婉拒絕。磐田先生說：『那你一個人來，我們等你。』說完就掛上電話。我想撥電話給他拒絕。

但是，我按手機的手停下來。自從上次發生車禍，他們夫妻來探視我們之後，就一直沒有去拜訪他們，也沒有去向他們道謝。我認為該去露一下臉。

隔天晚上，我去了磐田家。我發現這是我第一次獨自過來這裡，之前每次都有日菜陪在我身旁。我看著空無一人的右側，輕輕嘆了一口氣。

初世太太為我準備了壽喜燒。之前聽日菜說了初世太太生病的事，我擔心讓她太操勞，內心充滿歉意，但初世太太倒了啤酒給我。

「日菜還好嗎？」

她突然提到日菜的名字，我有點慌亂。

「我想可能因為車禍的後遺症，身體不太好。」

「不，沒這回事，她只是最近工作比較忙。」

說謊的愧疚讓我慌忙把啤酒倒進胃裡。

然後，我們一起吃了壽喜燒。雖然肉很好吃，但不知道是不是消沉的心情影響食慾，我吃不太下。初世太太帶著歉意問：「是不是不合你的胃口？」我回答：「不是，只是因為最近發生了很多事。」語尾越說越小聲。

初世太太擔心地看著我，磐田先生對她說：「可不可以幫我把威士忌拿來？」磐田先生平時向來自己去拿酒，不知道為什麼，今天竟然請初世太太去拿。只剩下我們兩個人時，陷入了短暫的沉默，寬敞的客廳內只聽到鍋子裡的食材煮沸的聲音。我感到很不自在，不斷地小口喝著啤酒。

「我太太的癌症復發了。」

他冷不防說這句話，讓我舉著杯子的手停下。

「我聽日菜說了，聽說已經沒辦法治療……」

「她說不想接受延命治療，她似乎不想再繼續受罪。她對我說，不希望為了多活幾天受那些苦。」

「怎麼會這樣？那你們有什麼打算？」

「我只能做一件事，那就是尊重她的意志，就只是這樣。」

但這麼一來，磐田先生就只剩下孤單一人了，這樣真的好嗎？

「你不必擔心，我不會有問題的，我會比現在更堅強。」

「堅強？」

「對，當年我向她求婚時，曾經向她保證，會用一輩子保護她。」

磐田先生說完，靦腆地用食指摸摸人中。

「當她遇到傷心的事，我就是她的手帕；當她因痛苦停下腳步時，我就是她的椅子；如果受到別人的傷害，我就是她的盾牌。我向她保證，會一輩子守護她的幸福。」

我忍不住自我反省。我非但沒有保護日菜，反而一直傷害她。

「太了不起了……」

「沒這回事，我相信男人能夠為女人做的，就只有這種程度的事而已。」

即使磐田先生已經是這個年紀，他仍然努力更堅強。即使讓太太過著這種富裕的生活，即使付出很多的愛，為了保護太太，他仍然希望自己變得更堅強。

相較之下，我卻……我無法帶給日菜幸福。我和她在一起，就會傷害她，就會被她奪走生命。基於這種想法，所以我在逃避她。

「我——」我在桌子下用力握著拳頭，「即使日菜對我很好，我也會忍不住拒絕。每次看到她笑，我就感到很痛苦，感到很害怕，我們已經無法再一起生活……」

「誠，你聽我說，」磐田先生滿是皺紋的臉充滿剛毅，「這是和太太共同生活了四十年的我，唯一能夠提供給你的建議。和心愛的人共同生活，只需要兩句話。」

「只需要兩句話？」

「嗯。」磐田先生靜靜地點著頭，然後對著我說：「就是對不起和謝謝。」

我聽了磐田先生的話，忍不住熱淚盈眶。

日菜每次奪取我的生命，都會向我道歉說「對不起」，她曾經一次又一次向我道歉。她一定希望和我一起生活下去，她努力不搶奪我的生命，但我整天在意被她搶走生命這件事，完全沒有注意到她搶走我生命時所感受到的痛苦。日菜一定整天陷入痛苦，為傷害了我陷入痛苦……

「誠，你要堅強，要能夠守護心愛的人。」

晚上九點多時，我離開了磐田家。獨自走在夜晚的路上很寂寞。我想起了日菜生日的那天晚上，我們一起撐著傘散步。我們在我做的那把品質不佳的雨傘下，手牽著手散步。她的手小而溫暖，會讓人想要一直牽著不放，那是我的歸宿。但是，發生車禍之後，我們會相互搶奪彼此的生命，我不再牽她的手，避免和她說話。我們不再一起睡覺，我回家時不再和她親吻。因為我覺得這些行為都會讓她感到幸福。日菜很怕寂寞，她一定很痛苦，一定很難過，但是，她沒有向我提出任何要求，完全沒有抱怨。她一直獨自忍耐，不想造成我的困擾。

自從開始共享生命之後，日菜一次又一次奪取我的生命，但我也奪走了她微不足道的幸福，一次又一次……

我發現有一輛白色輕型車停在家門口。我停下腳步，詫異地打量著，駕駛座旁的車門緩緩打開。是阿研。他走下車後，狠狠瞪著我。

「我來這裡，是有東西要給你。」

說完，他打開後車門，我看到車內的瞬間，忍不住「啊？」了一聲。

那張椅子就在他的車上。就是『Hephaestus』的那張椅子。

「這是日菜為你準備的生日禮物，昨天是因為在找這張椅子，所以來不及去餐廳。」

日菜為我買了這張椅子？

「她說，這張椅子無法送給你了，但這樣有問題，絕對有問題。你必須知道，她為了這張椅子有多拚命，她確實是拚命才得到這張椅子。當對方同意把椅子轉讓給她時，她笑得太開心了，笑得像傻瓜一樣。」

原來昨天是因為她買到了這張椅子，所以才在轉眼之間奪走我很多年的生命。日菜為能夠送我渴望已久的椅子，發自內心感到高興。但是……

——妳為什麼可以若無其事奪走我的生命！難道不感到愧疚嗎？

但是，我卻對她說了這麼殘忍的話。我簡直惡劣到極點。

我低著頭，阿研的大手一把抓住我的肩膀。

「你不是男人嗎？振作一點！不要再讓她難過了，好好保護她。如果你做不到——」

他以強烈的眼神看著我。

「我會把日菜搶過來。」

我握緊拳頭，然後直視著阿研問：

「日菜在哪裡!?」

我不顧一切地在夜晚的一三四號國道上奔跑。今晚很悶熱，我滿頭大汗，氣喘吁吁，但我仍然沒有停下來，繼續奔跑著。我感到不安，一想到未來，就感到害怕。我們能夠在相互搶奪生命的情況下生活嗎？各走各的路，是不是可以讓彼此都得到幸福。我會忍不住這麼想。但是我──

真壁哲平說得沒錯，我無論身為建築師，身為深愛日菜的男人，都缺乏決心。我並沒有做好在相互奪取生命的情況下共同生活的心理準備。

──我們是不是不會有問題？我們不會爭奪生命，一定會相互扶持，對不對？

日菜當時這麼對我說。她相信我，相信和我的未來。

但是我……

──我希望你不要輸給共享生命這個不合理的奇蹟。

明智說得沒錯，我不想輸給這種不合理的奇蹟。

所以我要下定決心，下定決心和日菜共同生活。

我來到阿研告訴我的緣姊公寓，按了對講機，聽到緣姊的聲音問：「哪一位？」我走過去貼在門上，敲了好幾次門。

「我是雨宮！日菜呢!?日菜在這裡嗎!?」

暫時沒有反應，接著門打開一條縫。我用力拉著門把，看到日菜一臉尷尬地站在門內。

我們離開公寓，走在夜晚的海邊。江之島出現在海浪聲的後方，點了燈的瞭望台發出白光。這些熟悉的景色今晚看起來特別美。

我看著走在前面的日菜。那是她無言的背影，帶著悲傷的嬌小背影。

「日菜，對不起。」

日菜沒有回頭，默默走在岸邊。

「我為至今為止的一切感到抱歉，實在很對不起妳。」

沙灘上響起微波聲，日菜什麼話都不說。我內心越來越不安。

「看看，」過了一會兒，她停下腳步，然後背對著我。「我們要不要分手？」

她的聲音顫抖。無助的聲音幾乎被海浪聲淹沒。

「我們無法在爭奪彼此生命的情況下共同生活，我才該向你道歉，奪走了你很多生命。」

「不是，妳是為我著想，妳認為應該能夠和我共同生活，想要和我一起走下去，妳一直這麼堅信……但是我逃避了，我逃避妳，也逃避和妳相互奪取生命這件事，我一直、一直在逃避，全都是我的錯。」

日菜把隨風飄起的中長髮夾在耳後。她背對著我，我看不到她的臉。不知道她現在是什麼表情？一定很悲傷。

「我知道自己沒有資格說這種話，妳可能已經討厭我了，但是，我不想和妳分開，以後也要一起——」

「行不通的。」

「當然行得通。」

「絕對行不通！」

轉過頭的日菜在哭泣，月光映照的淚水順著臉頰滑落。

「我以後也會傷害你！」

嗶喀！日菜的手錶發出聲音。

「一定會造成你很多困擾！所以……所以……」

嗶喀！

「所以，你說我們繼續一起生活……」

嗶喀！

「這種事絕對行不通!!」

好幾滴眼淚滑下。日菜在說謊。她在逞強。

她的悲傷變成手錶的聲音傳入我的耳中，每當這個聲音在周圍響起回音，我的心就跟著揪了起來，淚水差一點流出來。日菜悲傷得失去生命。她很痛苦，我卻——

——誠，你要堅強，要能夠守護心愛的人。

我緊緊抱著日菜。

「放開我。」

「我不會放手。」

「放開我！」

「我說了不會放手！」

「但我會奪取……奪取……」

日菜在我的臂彎中，聲音發著抖。

「……我會……奪取你的生命……」

我用力抱著日菜，然後我的生命就被她奪去。

「我會因為太高興，奪走你的生命……」

「妳可以奪取我的生命。」

「但是──」

「妳奪取多少都沒有問題。」

「但這麼一來，你就會死……我不想這樣……我再也不想這樣……」

「我不會死。」

「騙人，你會死。」

「我不會死！無論妳再怎麼奪取我的生命，無論妳感到多麼幸福，我絕對……絕對不會死！」

「你為什麼說得這麼肯定？」

「我會堅強。」

滿腔的感情溢出，變成淚水，滑落的淚水讓臉頰發燙。

「我會比現在更堅強，我會堅強，讓妳得到幸福，所以……」

我緊緊抱著日菜。

「所以，我想和妳在一起。」

日菜像小孩子一樣哭了，然後泣不成聲地說：

「我不想和你分開……我也想和你在一起……但是你和我在一起，就會受到傷害。我不想這樣，已經不知道該怎麼辦了……」

即使這樣，我仍然希望和妳在一起。即使妳會奪取我的生命，即使妳會傷害我，無論未來多麼辛苦，與其要和妳分開，我願意面對未來的艱辛。

只需要兩句話。

「謝謝妳，妳這份心意就足夠了。」

日菜在我的臂彎中一次又一次搖頭。

「日菜，對不起。」

我再次緊緊抱著日菜。

「我一直在傷害妳，實在很對不起……」

我的生命又被奪走了，但此刻我想緊緊抱著她。

「接下來我們一起思考，一定可以找到讓我們都得到幸福的方法。」
我更用力、更用力緊緊抱著日菜，不讓這份決心動搖。
我不會再讓她去任何地方，不會讓她再離開我。
此時此刻，我覺得日菜的溫暖比生命更重要。
一個星期後。那天，我一大早就出門，前往真壁哲平的事務所。
我在門口等，他在上午十點出現。他看到我時當然大吃一驚，應該沒想到我還會再來找他。
「這次又有什麼事？」真壁哲平雙手扠腰，皺著眉頭。
「我畫了自認是一百分的設計圖！所以想請你再過目一次！」
我遞上設計方案，他冷笑一聲說：
「你就是為了這個特地來這裡嗎？即使你現在給我看，也無法改變你已經遭到淘汰的事實。」
「我知道，但是——」
鼓起勇氣，展現決心。

「請你收我為徒！請你讓我和你一起工作！」

照這樣下去不行。無論身為建築師，還是身為一個男人，這樣下去都不行。所以……

「我希望能夠跟著你學習！我想從頭開始學起！」

真壁哲平攤開了紙，然後問我：

「你的武器是什麼？」

「啊？」

「你身為建築師的武器是什麼？你能為我做什麼？」

我的武器。我只有一項武器。

「我會用生命，我會用生命投入建築。」

明智告訴我，人類的價值、人生的意義在於如何運用生命。既然這樣，我想把自己的生命用在我們的夢想上，我想為了建築、為了日菜運用自己的生命。

「用生命嗎？這句話聽起來真輕率。」

「但這是我目前內心的真實想法！我不會浪費任何一天！我會把一切都奉

獻給建築！拜託了！」

他摸著下巴上的鬍子笑了起來。

「你們兩個人還真像。」

我聽不懂他這句話的意思，眨了眨眼睛。

「你說你姓雨宮，對嗎？」

「對。」

他對我揚揚下巴，走上樓梯。他叫我跟著他。

我高興得忍不住笑了。這是奇蹟發生之後，我第一次發自內心歡笑的瞬間。

嗄鈴！手錶發出聲音。那是我靠自己開拓幸福的聲音。

我的眼角掃到明智。他對我點著頭，似乎對我表示贊同。

我的右腳踩在樓梯上，追趕真壁哲平的背影。

這是第一步。這是成為可以守護日菜男人的第一步。

間章

「接下來由你照顧他們兩個人。」

大貫組的辦公室內，正在圓桌旁喝日本茶的能登幽幽地說。

明智停下正在寫報告的手，驚訝地抬起頭。事出突然，他完全愣住。

「啊？我嗎？」

「他們共享生命至今快要三年，你差不多也適應了吧。」

「雖然適應了，但妳為什麼突然提出這個要求？」

「沒有理由，只是覺得這樣比較好。」

明智注視著能登的側臉，能登不耐煩地咂了一下嘴。「怎樣？」

「沒有，我只是在想，真的沒有理由嗎？」

明智似乎難以接受。能登用指尖把玩著妹妹頭的髮梢說：「我就說沒有理由了，不要讓我一再重複。」她的語氣中透露著煩躁。

「對你來說，在日菜身旁不是也比較方便嗎？可以隨時去『雨滴』。」

能登以不懷好意的視線看著明智試圖報復，但明智已經察覺了她的內心想法。

「是因為日菜嗎？」

明智說對了，能登立刻移開視線。

能登遇到這種情況時，很不擅長掩飾內心的想法。她很討厭這樣的自己。

明智用大拇指不停地按著手上原子筆的按壓部分，寬敞的室內響起喀七、喀七的聲音。能登被這個聲音吸引，眼睛轉向明智的方向。明智的表情好像吃到什麼苦味。

「我也隱約察覺到她這一陣子心境的變化。那次至今已經快三年了，日菜的內心漸漸發生變化。妳是不是覺得，如果繼續陪在日菜身旁，對她會產生更深的感情？如此一來，有朝一日一定會袒護她，無法做出冷靜的判斷，所以要求退出。」

「怎麼可能？我怎麼可能受到這種無聊感情的影響？」

明智無視她的回答，繼續說下去：「從妳上次數落誠的那時候開始，妳和日菜之間的關係，早就已經超越嚮導和對象人物之間的關係。」

那時候……明智應該指煙火大會晚上的事。

——你遲早會造成日菜的不幸。

那一次，能登的確有點反常。她會那樣數落誠，一方面是因為他很像能登以前的男朋友，但更是因為對日菜的處境感到於心不忍。能登認為如果繼續下去，日菜可能會像她一樣做出愚蠢的事，到時候一定會後悔。

但她同時知道，不能繼續袒護日菜。自己是嚮導，她發現自己已經違背職務，對日菜產生感情。

當初從事這個工作時，能登就下定決心，絕對不要再從主觀的角度看事情，必須保持客觀。但是每次看到日菜，就會失去冷靜。一定是因為她們很相像的關係，她在日菜身上看到以前的自己。

所以能登最近竟然希望日菜能夠幸福，希望日菜能夠找到「幸福的意義」之類的東西，因為自己當年不曾找到。

幸福到底是什麼？

當年的自己無法找到這個答案。

希望日菜能夠找到，不希望她有和自己相同的結局。

能登發自內心這麼希望。

「而且，妳不是為了共享生命的事，在和高層交涉嗎？」

「閉嘴！」

能登無奈地嘆口氣。

「唉，沒錯，你說對了。我對日菜產生感情，最近這種傾向更加明顯。我不是稱職的嚮導，所以不再負責她，這就是理由。你聽我這樣親口承認就滿意了嗎？」

「即使產生感情，又有什麼關係？」

「當然有關係，嚮導必須保持中立，我越來越無法做到了。」

「我認為這樣更有人性，更理想，而且我還很稚嫩，需要妳的指導。」

我很久以前認為這傢伙不夠成熟，他仍然懷恨在心嗎？能登在內心咂舌。

「而且這是一度產生交集的重要緣分，那就陪伴他們兩個人走到人生的最後。他們需要妳，尤其日菜和妳很親近，如果妳不再出現在她面前，她可能會難過得失去好幾年的生命。不是嗎？」

「你說話真滑頭。」

「對不起。」明智扮個鬼臉，笑了起來。「不然這樣好了，接下來由我負責他們兩個人，但妳像之前一樣，繼續當日菜談心的對象，這樣就沒問題了吧？」

沒想到竟然被比自己小五十多歲的小毛頭用花言巧語哄騙。我真是老了。能登這麼想著，揚起嘴角，露出自嘲的笑。

「而且……」明智嘟噥著。

明智說話的聲音像針一樣尖，能登立刻知道他打算說什麼。

「現在的日菜很可能會做出錯誤的選擇，妳必須好好守護她。」

「嗯，我知道。」能登謹慎地點點頭。

「嗨！早安！早安！」

權藤走進來，中斷了他們的談話。

能登站起來，走向窗邊，地板發出擠壓的聲音。

她看著空無一物的遼闊白色世界想著。

真是搞不懂男人和女人。對人類來說，自己的生命最重要，沒有任何東西比生命更重要，但是，有時候戀愛會讓人做出愚蠢的選擇。

就像現在的日菜……
她試圖選擇的路未免太愚蠢了。

第三章　兩人的幸福

「這裡，這裡。」

戴著安全帽的看看回頭向我招手。

我正在參觀真壁建築研究所負責設計的教堂工地。那是建在稻村崎海邊的新教堂，這個工地是看看進入事務所後，第一次被交付的重要工作。他目前在這個工地擔任監工。

「問你喔，工程順利嗎？」我對著走在前面的看看背影問道。

「唉，」他咚咚地敲著安全帽，「不容易啊，我沒想到把設計創意具體化竟然這麼困難。」

看看說話的聲音充滿興奮，他一定為真壁先生願意把工作交付給他感到高興，就連我也跟著高興起來。

「真壁老師實在太厲害了，看設計圖還無法瞭解，但實際建造之後，就會發現到處充滿巧思。比方說，這個扶手的尺寸和天花板的高度，連細節都經過深思熟慮，真的讓人甘拜下風。」

「咦？你該不會對自己失去信心？」我在看看身後為他按著肩膀。

「怎麼可能？我認為是偷學他技巧的良好機會。我的工作，就是實現老師的巧思，如果沒有我，這座教堂就無法完成——我開玩笑的啦。」

我太高興了。雖然這並不是看看的作品，但他參與的建築物即將完成。我由衷地為此感到高興。

走廊盡頭是禮拜堂。打開門走進去後，眼前的景象令我瞪大眼睛，忍不住發出「哇！」的叫聲。木頭打造的禮拜堂呈半圓形，面對大海的那一側全都是玻璃窗，可以看到後方藍色的太平洋。朝陽照了進來，禮拜堂一片耀眼的光芒，飄舞的灰塵閃著光。莊嚴、寧靜，卻又帶著安心感，簡直就像坐在一艘木船上。

「業主希望禮拜堂是一個奉獻祈禱的莊嚴空間，但老師認為既然這裡面向大海，可以在正面設計一道大玻璃窗，讓走進這個空間的人，感覺好像坐在海上航行的船上。祈禱是自己和上帝對話，同時和大自然對話。希望在這裡祈禱，能夠成為心靈的旅程……老師對這個禮拜堂充滿了這樣的期望。」

「沒想到老師是個浪漫的人，這裡好棒，真希望可以在這種地方舉辦婚禮。」

「那不可能啦，這裡不是婚禮會場。」

嗯，其實我不是這個意思，只是想要催婚一下。

「妳看這個。」看看撫摸著兩排整齊長椅中的其中一排，那是向『Hephaestus』特別訂製的作品，沿著兩側的牆壁各放了五張長椅。

「為了這些長椅，預算變得很緊。」

「你和真壁先生都很喜歡『Hephaestus』，幸好有辦法用在這裡。」

「啊，對了，老師直到現在還在說，早知道不應該把那張椅子轉讓給妳。都已經是三年前的事了，他常叫我趕快還給他，雖然我知道他在開玩笑。」

「才不要呢！那是你的椅子啊。」我把臉皺成一團。

我們一起坐在長椅上，打量著即將完成的禮拜堂良久。我們十指緊扣，握著彼此的手。好幸福……我忍不住想。但是在深呼吸後，又想到另一件事。我太幸福會奪取他的生命。只要能夠感受短短數秒的幸福，我就滿足了。

「日菜，妳等一下要去上班吧？」
走出教堂，看看拿起我的安全帽。
「嗯，今天不供應午餐，時間很充裕，你呢？」
「我要去平塚開會，下一個案子是養老院。老師比平時更賣力，他說要打造一個老人家住在那裡會感到心情愉快的空間。」
「這樣啊，你接下來這段時間也會很忙。」
「又要持續一段睡眠不足的日子了。」他一臉無奈。
「但是你不能因為工作忙就忘了我。」
「我知道。」看看撫摸著我的頭，似乎表示瞭解我的意思。
他摸我頭的感覺很舒服，我忍不住嘿嘿笑了起來。
「今天會回家嗎？」
「嗯，我不太確定，雖然可能會很晚，但我會盡可能回家。」
「那我做你喜歡吃的菜等你。」
「雞肉蕃茄奶油燉菜嗎？」
「這是秘密。」

我向看看道別後，坐在稻村崎的草皮上，遠遠地眺望正在建造的教堂。早晨涼爽的風從身旁吹過，我的目光追隨著風的方向，仰望著天空。飄柔的毛捲雲悠然浮在空中，初夏的天空很美。我躺在草皮上看著生命錶，餘命指向『7』。太好了，很安定——

我們彼此奪取生命的情況最近進入了穩定狀態。當然每天晚上都會調整生命，讓彼此的餘命都剩下八年——我們兩個人目前共同擁有十六年的生命——

我至今仍然不喜歡恐怖片，但不知道是否已經免疫，普通的恐怖片不再讓我害怕了。即使殭屍在啃人的腦袋，好奇心旺盛的不良角色被電鏈鋸鋸成兩半，狗不停地吠叫，我也能夠冷靜地覺得「這是恐怖片中常有的劇情」，因此生命調整的難度增加了。但是現在不會再像以前那樣，由我單方面奪取看看的生命，因為看看對工作樂在其中，甚至經常從我身上奪取生命。但是，即使我的生命被他奪走，我也完全不會不高興。只要看看感到充實，那就是我最高興的事。所以最近這一陣子，我們一直沉浸在幸福之中。

「妳在笑什麼？」

能登的臉突然出現在原本是一片天空的視野中。

「嚇了我一大跳！我之前不是就跟妳說，不要突然冒出來嗎？」
「我從剛才就一直在叫妳，但妳一個人在傻笑，根本沒聽到我在叫妳。」
「啊？我在傻笑？」
「對啊，看起來非常傻。」
聽到她這句挖苦的話，我忍不住皺起眉頭，能登噗哧笑了一聲，在我身旁坐下。
「沒想到會有這麼大的改變。」
「對啊！看看變得很積極正向！」
「我不是這個意思，日菜，改變的是妳。」
「我？」
「這三年來，妳都努力克制自己的感情，避免感受幸福，刻意和快樂的事保持距離，即使遇到別人的善意，妳也會在無意識中在內心踩煞車，避免自己太高興。結果呢？和之前相比，妳的身體比較不容易感受幸福了，這種情況能夠稱為真正的幸福嗎？」
「當然是幸福啊。能登小姐，我討厭妳說教，簡直就像婆婆一樣，我不喜歡。」

「誰是婆婆啊？妳年紀還比我大呢！」

「那是因為妳的年紀都不會增加的關係！實際上早就超過一百歲了，根本是老婆婆了。」

「妳說什麼！」能登狠狠瞪著我。

呃，慘了，惹惱她了。我看向大海的方向，掩飾自己的失言。

這三年來，我和能登小姐變成好朋友，可以像這樣互開玩笑，這種像朋友般的關係讓我感到高興，只是年齡、和時代脫節這兩件事是她的禁忌，只要我提到這兩件事，她就會很生氣。她這種地方仍然很像小孩子。雖然我也差不多。

「……妳不要去想傻事。」能登看著遠方的大海小聲說道。

我什麼都沒有說。我知道她想要說什麼。

我聽到重重的嘆息聲。她可能很受不了我，然後，她又用明確的語氣叮嚀我：「聽到了嗎？妳千萬別有那種愚蠢的想法。」

有時候，我會忍不住想，我們未來的日子會怎樣走下去。雖然目前我們各自擁有八年的生命，但這種日子總有一天要結束。無論我們多麼妥善地共享生命，在看看三十六歲，我三十三歲時，我們的人生就會結束。而且以後共享生命的難度會比現在更高，隨著時間的流逝，我們能夠相互爭奪的生命總數變少。之前一個人有十年生命時，曾經發生過多次危機，之後竟然還要爭奪總數更少的生命，我們真的有辦法做到嗎？我對此感到不安。

萬一其中一方奪去對方太多生命，導致殺了對方怎麼辦？如果像之前一樣，我奪去他太多生命，讓他陷入痛苦怎麼辦？每次思考這種問題，就會感到害怕。所以，我有一絲這樣的念頭，如果有朝一日，我們開始彼此傷害，如果真的有那麼一天——

來到『雨滴』上班，發現緣姊像往常一樣和老主顧有說有笑。她還是老樣子，工作一點都不認真。我在綁半身圍裙時，不禁嘆著氣，發現明智坐在吧檯的座位。他蹺著腳，注視著窗邊的緣姊。

「咦？明智先生，你怎麼會在這裡？」我小聲問他。

明智是負責看看的嚮導，只能在他身旁出現，照理說，應該不可能像這樣自由地去其他地方。

「從今天開始，我也是妳的嚮導了，所以有時候會來這裡打擾。」

「啊？能登小姐不會再來了嗎？」

「別擔心，只要妳叫她，她就會出現。」

太好了。如果能登小姐不再出現，我會很寂寞。我暗自鬆了一口氣。

「啊，明智先生，我問你，」我露出調皮的笑容，「你是不是喜歡緣姊？」

「啊？」他瞪大眼睛。我突然這麼問他，他大吃一驚。雖然我不聰明，但對戀愛的直覺很敏銳。呵呵呵，他開始緊張，我似乎猜對了。

嗯？等一下，緣姊看不到明智，所以他們是『有緣無分的命運』？哇哇哇！這麼一想，就覺得太痛苦了。

「妳為什麼會這麼認為？」明智托腮看著我。

「嗯，其實之前就隱約有這種感覺，該怎麼說，你看緣姊的眼神，就像是戀愛中的人的眼神。」

「原來是這樣。」

「如果有我可以幫忙的事，請儘管告訴我，我一定鼎力相助！」

這三年期間，明智很照顧我們，如果他單戀緣姊，我很希望助他一臂之力，即使那是肉眼無法看到、無法實現的戀愛。

「好，到時候我會找妳幫忙。」他輕輕笑笑。

牛鈴響起，有客人走進咖啡店。是真壁先生。他今天一樣穿了白色附衣領釦的襯衫和黑色長褲。他無論夏天還是冬天，都是相同的打扮。咦？他今天氣色不太好，鬍子沒刮，黑眼圈也很深。

「歡迎光臨，你怎麼了？看起來一臉疲憊。」

我把冰檸檬水放在坐在明智旁邊的真壁先生面前。

「啊啊，雨宮嫂。等一下要去平塚開會，但完全沒有任何好點子。這三天來一直都這樣，真是傷透腦筋。」

真壁先生向來叫我『雨宮嫂』，我並不會覺得不舒服，反而有點高興。自從看看去他的事務所工作後，他有時候會像這樣來店裡坐坐。我深刻體會到是很奇妙的緣分。我藉由這家咖啡店，和各式各樣的人建立了神奇的緣分，而且都是很幸福的緣分。但是，我也有一個疑問。緣姊和真壁先生好像很不熟。他們之前是業主和建築師的關係，照理說應該見過好幾次面。雖然現在緣姊見到真壁先生會向他打招呼「啊呀，歡迎老師光臨」，但真壁先生最初來這裡時，他們兩個人好像完全不認識。為什麼會這樣？

「今天也喝奶茶嗎？」我問坐在我面前的真壁先生。

「不，今天要喝咖啡，我想要提神。給我一杯濾布滴漏式手沖咖啡。」

「濾布滴漏式手沖咖啡？」

「我向來只喝濾布滴漏式手沖咖啡，其他都不喝。」

嗯，他還是這麼盛氣凌人，而且要求特別多。濾布滴漏式沖泡法是使用法蘭絨的濾布沖泡萃取的咖啡，也被稱為最棒的滴漏方式，難度當然也很高，沖泡的手藝會影響咖啡的味道。

「本店都使用濾紙，你非要用濾布嗎？」

「不行，這是咖啡店，該不會連法蘭絨濾布都沒有吧？」

很多咖啡店都沒有法蘭絨濾布。

「雖然有，但我從來沒有用過這種方法泡咖啡。」

「那我走了。」

「啊？你不要說這種話嘛。」

「凡事都有第一次，趕快動手。」真壁先生說完，冷冷地點了一支菸。

可惡，這個任性大王。他以為自己是藝術家，別人就得原諒他的挑剔嗎？太過分了。雖然我拿出放在架子上的法蘭絨濾布，但還是很傷腦筋。我沒有自信可以泡出好喝的咖啡，緣姊應該也不瞭解沖泡的訣竅。還是放棄算了，嗯，但他是看看的老師，不能對他的要求置之不理。

「要不要我教妳？」

我驚訝地看向明智，他微笑著對我說：「別擔心，並不會很難。」明智為什麼會泡咖啡？我歪著頭，真壁先生催促我說「動作快一點」。

「拜託了。」我閉上眼睛，向明智表示。

使用濾布萃取咖啡比濾紙困難多了，但明智的建議很精準，我很快就沖泡好了。沖泡出來的咖啡味道似乎不錯，就連挑嘴的真壁先生也稱讚：「很不錯。」我向明智投以感謝的眼神，他輕輕笑笑，向我搖頭，表情似乎在說：「妳做得很好。」我害羞地摸著腦後的頭髮。但是內心的疑問還是像疙瘩般留在心裡。我知道明智和能登以前是人類，卻完全沒想到他竟然精通手沖咖啡。

明智到底是什麼人？

「對了，你們今天早上去參觀教堂了嗎？」

「是的！不好意思，謝謝你滿足我任性的要求。」

「沒關係，這是雨宮第一次負責的案子，他是不是很高興？」

「當然啊，簡直高興得飛上了天。」

「我想也是，我以前也一樣，很瞭解他的心情，會覺得自己比任何人更瞭解工地現場，是自己在具體呈現設計圖上的巧思。」

「他嘆氣說，沒想到把設計的創意具體化這麼困難。」

「那當然啊，設計圖就像是樂譜，實際演奏之後，經常會發現不協調的地方，他的工作就是把每個細節呈現出來，然後藉由這種方式累積經驗。」

「但是他很充實，能夠得到你的認同，他一定很高興。」

「得到我的認同？開什麼玩笑，他還差得遠、差得遠、差得遠呢！」

「你說太多次差得遠了。看看不是每天都加班到很晚嗎？你也稍微認同他一下嘛。」

「並不是努力就好。那個傢伙很笨拙，不夠機靈，而且又死腦筋，思考問題不夠深入，工作雖然還算仔細，但動作很慢，經常趕不上截止時間，卻經常誇口談什麼建築。而且他個性不夠強勢，開會的時候經常被業主和建築公司牽著鼻子走，老實說，真是沒出息。」
「你說得太實在了，既然這樣，當初為什麼雇用他？」
真壁先生沉默不語，似乎在猶豫到底該不該說。
他想了一下後，皺起兩道濃眉說：「妳可千萬別告訴雨宮。」
我好想聽聽看！我雙手握在胸前，用力點著頭。
「三年前，他重新畫了圖書館設計圖，這個做法很不錯。他的設計內容本身並沒有太大的吸引力，設計點子很稚拙，而且的確經驗不足，但仍然有兩點值得稱讚。第一，就是他重新構思設計案。建築師通常自尊心都很強，尤其是最近的年輕人，只要稍微受到批評，就會鬧脾氣，但他沒有輕易放棄。這個行業靠的是氣勢和毅力。」
「另一點呢？」
真壁先生把杯子裡的咖啡都喝完後，伸手拿起了香菸。
「雨宮的建築雖然不花俏，但具有能夠把光、風、綠意和建築融合在一起的奇妙力量，我認為這是很值得期待的可取之處。建築絕對不能自命不凡，而是人類和大自然、建築融為一體，共同度過漫長的歲月，他能夠憑感覺瞭解這一點，也許可以說是一種才華。」

真壁哲平在稱讚看看。這麼一想，就高興得全身起了雞皮疙瘩。

「我認為只要加強這方面的能力，他應該可以成為一位很有意思的建築師，所以才雇用他。」

啊！太高興了！生命錶發出「嗄鈴！」的聲音。

「所以看看很快就可以獨當一面了嗎!?」

「獨當一面？獨當一面並不是我們的目標，而是要建造對那個地方、出入那裡的人無可取代的建築，為此就必須持續磨練，不過——」

真壁先生把香菸在菸灰缸內捻熄之後，在紫煙中輕輕笑笑。

「我有點期待看到他在十年後、二十年後建造的建築。」

十年後、二十年後——漆黑的烏雲籠罩在頭頂。

不可能……我們、看看只剩八年的生命，他已經沒有真壁先生期待的未來了。

那天回家路上，我推著腳踏車，有氣無力地走在暮色中。真壁先生說的話一直縈繞在耳邊。原來是這樣，原來是這個原因，看看每天、每天都那麼努力工作，連睡覺都覺得在浪費時間。因為他知道自己身為建築師能夠大顯身手的時間不多了，他知道自己不可能建造很多建築物，所以他為了實現我們的夢想努力不懈，他每一天都想到八年後的未來。

放在牛仔褲口袋裡的手機震動起來。是磐田先生打來的。

「喂？磐田先生嗎？好久不見，你們最近還好嗎……啊？」

我兩隻腳忘了怎麼走路，停下腳步，腳踏車倒在地上，發出巨大的聲音。

「初世太太她……」

隔天晚上，看看提早下班，我們換上喪服前往殯儀館。守靈夜很肅穆，磐田先生很早就退休，因此前來弔唁的賓客並不多。有很多中年上班族，應該是他們在商社任職的兒子工作來往的朋友。上香時，和坐在喪主座位上的磐田先生眼神交會。磐田先生用眼神對我們說「謝謝」，但是他滿臉憔悴。他失去了最愛的太太，光是想像他的痛苦，就心如刀割。

坐在磐田先生旁的男人應該是他兒子。雖然我們和磐田先生相識多年，卻從來沒有見過他兒子。他兒子戴了一副無框眼鏡，看起來很不好相處。

上完香後，我們也參加了喪事後的圓滿桌。守靈夜很快就會結束，也許有機會和磐田先生聊幾句。

晚上九點多時，磐田先生忙完一個段落，走到我們身旁。

「今天謝謝你們特地趕來，誠，你應該忙壞了吧？」

「沒事。磐田先生，你還好嗎？」

磐田先生堅強地點頭，但帶著悲傷的表情，哭腫的雙眼讓人看了於心不忍。

「如果你們不介意，要不要去看初世的最後一眼？」

我們走去放棺木的祭壇，向初世太太最後道別。沒有其他人的禮廳感覺很冷清，瀰漫著線香的味道，蠟燭的火光搖曳。遺照中的初世太太露出優雅可愛的笑容，但是打開棺木的小窗口後，看到了彷彿變成另一個人的初世太太。她原本就很瘦，如今只剩下皮包骨，臉色蒼白，眼球凹陷，鼻子和嘴巴都塞入棉花。我忍不住用雙手摀住嘴。自從初世太太病情惡化之後，我們都用匯款的方式繳房租，即使去磐田先生家，也只是在門口向磐田先生瞭解近況，真的很久沒有看到她了。和最後一次見到她時相比，她已經瘦得不成人形。看看似乎有點不知所措，肩膀微微顫抖。

「初世太太。」我呼喚著她，撫摸著她的臉頰，但馬上收回手。她的臉頰冰冷，我知道她的靈魂已經離開了。回想起以前每次見到我時說「歡迎」，擁抱我時的溫暖，忍不住嗚咽起來。初世太太熱情又溫柔，總是很疼愛我。我和家人、親戚之間分薄緣慳，經常覺得「如果我有奶奶，應該就像初世太太那樣」，她就像是我的親奶奶一樣。但是，她已經離開了，我再也無法觸碰到她熱情而溫暖的身體了。

我因為悲傷失去一年的生命，看看把手放在我的肩上安慰我。

「——爸爸。」

有人大聲叫喚，轉頭一看，發現剛才在守靈夜時看到的那個福態男人站在門口。磐田先生向我們介紹說：「這是我兒子純一。」

「一直承蒙令尊、令堂的照顧。」看看鞠躬說道。

但純一先生只是向他點點頭，轉頭對父親一口氣說：

「我今晚要回東京，還有工作沒完成，我明天會在告別式前回來這裡，幸子和清就拜託你了。」

磐田先生在回答「我知道了」前，他已轉身離開。雖然我不想這麼說，但我覺得他感覺有點討厭，磐田先生嘆口氣。這也難怪，他的母親去世，今天是火化之前的最後一晚，他至少應該陪在母親身旁。

磐田先生一臉疲憊不堪，轉頭看著我們。

「讓你們看到了家務事，要不要去散個步？」

六月初旬的夜晚還有點涼意。夜風吹來，我忍不住抖了一下。看看察覺後問我：「還好嗎？」然後把他的西裝披在我肩上。抬頭一看，夏日的星星在夜空中閃爍。這裡的空氣很好，能看到許多星星在閃耀。

走在前面的磐田先生停下腳步，然後好像在對黑夜說話般嘟囔說：

「說句心裡話，初世去世後，我鬆了一口氣。因為最後幾個月，實在是看了於心不忍。她無法進食，每天都呻吟著好痛、好痛，有時候記憶和思考陷入混亂，甚至不知道自己在哪裡。」

想像初世太太痛苦的樣子，感到心如刀割。

「看到她這麼痛苦，我卻無法為她做任何事……」

我不知道這種時候該怎麼安慰，只能默默聽著磐田先生說話。我為這樣的自己感到不耐煩。

「她去世的前幾天，身體狀況都不錯，意識很清晰，不知道為什麼，一直和我聊以前的事。像是剛結婚的時候，和年輕時一起去旅行的事，還有純一參加運動會，得到一等獎的事，她興致勃勃重複說了好幾次。在她去世的那天早上，她對我說……」

磐田先生的淚水奪眶而出。

「她說，我很幸福……她用力握著我的手，對我露出了溫柔的笑容。」

我跟著流下眼淚。

「雖然我無法為她做任何事，但她對我說了好幾次謝謝，一次又一次說……謝謝、謝謝……她這麼對我說。」

磐田先生並不是無法為初世太太做任何事，他深愛初世太太，我們看在眼裡，非常瞭解這一點，但是磐田先生很自責，我很希望他不要再自責。

「誠，你記得我之前曾經對你說，我要為了太太變得堅強嗎？」

「對，我記得。」

「我無法變得堅強，我很脆弱。我太脆弱了，她直到最後都在鼓勵我。」

磐田先生哭了起來，肩膀用力起伏。我第一次看到老人不顧旁人的眼光哭泣。他看起來很懊惱、很悲傷，連我也感到難過。

「我很寂寞……」磐田先生小聲嘟噥，「沒有她，我寂寞得要死。」

「磐田先生……」看看的聲音帶著哭腔。

「但是，初世已經離開了。無論我去哪裡找她，無論我再怎麼呼喚她，她都不會再醒來了，也不會對我笑了，這件事讓我感到極大的寂寞。」

嗶咯！生命錶發出聲音，但是看看一樣悲傷，所以我們在奪取、得到彼此生命的同時，看著落淚的磐田先生。手錶的聲音不絕於耳，讓人有點煩躁。

這時，天空飄下雨，飄下寧靜而溫柔的雨。

雨水淋濕草皮，淋濕房子，在水池表面形成無數漣漪。

這場雨必定是初世太太從天堂下的雨，是她戀愛的淚水，是因為思念磐田先生而下的雨。

「初世太太之前曾經告訴我，下雨的日子，可以滋養兩個人的愛情。」

「下雨的日子？」

「對，她說下雨的日子就會讓人覺得心情很差，所以下雨的日子，要比平時更善待對方，如此一來，雨可以變成滋養兩個人愛情的恩澤雨。」

「原來是這樣。」磐田先生微笑，「原來是因為這樣……」

他對著下在庭院的雨輕輕笑了。

「所以下雨的日子，妳總是很溫柔。」

磐田先生充滿憐愛地注視著雨。雨水隱藏了淚水，一定是在天堂的初世太太在對他說「不要哭」，傳達「謝謝」。

回家的路上，走在身旁的看看幾乎沒說話，表情凝重。

雨後的夜晚，在隱約可以看到車站的燈光時，他才幽幽地說：

「死亡實在太可怕了，我今天親身體會到這件事。看了初世太太的樣子，我想到八年之後，我們也會像她那樣。」

他停下腳步，嘴唇顫抖著。他的臉扭曲起來，好像在忍耐著疼痛。

「我想繼續活下去……」

嗶喀！他的生命錶發出聲音。

「我不想死，我想和妳繼續活下去。」

看看的人生充滿希望，有人期待看到他十年後、二十年後建造的房子。他崇拜的人說想要看他的作品，只不過我們沒有時間了。

看看懊惱地低著頭，難道我無法為他做任何事嗎？

——聽好了，妳不要去想傻事。

但是，能登小姐，我還是會這麼想。即使明知道這樣很傻，還是會情不自禁這麼想，我能夠為看看所做的最大的事，就只有那件事，我忍不住這麼想……

我忘了從什麼時候開始，時間成為我最渴望的東西。

我知道我們還有很多時間，也知道八年的時間不會一下子過去，但是自從看到初世太太死去之後——不，其實每當生命錶上的餘命一年一年減少——我就會不由自主地想，「趕快，沒時間了」，總覺得死神的鐮刀好像每天都架在我的脖子上。

進入真壁建築事務所工作即將三年，最近終於漸入佳境，我覺得前輩似乎開始認同我。包括我在內，事務所內總共有五名員工，和工作量相比，人員絕對不算多，但前輩都很優秀，即使人數不多，工作進展也很順利。剛進事務所時，因為我和他們的能力差距太大，費了九牛二虎之力才能夠跟上大家的進度。優秀的人果然會聚集在優秀的人手下工作。那時候每天都感到無力和懊惱，但我仍然咬牙堅持。我的努力終於有了回報，今年之後，老師交給我的工作開始增加，平塚養老院的案子進展順利，按照目前的進度，三年後就可以完成。

三年後……每一棟建築都需要很長時間才能夠完成，通常都需要兩三年的時間。這麼一想，就覺得自己剩下的時間太少了。和日菜的夢想之家至少需要兩年才能夠完成，考慮到剩下的時間，真希望馬上可以開始動工。

這幾個月來，我經常利用工作之餘，帶著夢想之家的簡報資料，四處募集合作對象。想要建造一個有五戶到七戶住家的小社區，需要相當大的土地，不可能光靠我一個人實現，但我遲遲找不到願意和我合作的業主，沒有願意協助我的宅地開發業者。照這樣下去，真的沒有時間了，我每天都為此焦急。

這個月底，就是車禍發生滿三年。我們的餘命將繼續減少，到時候每個人只剩下七年的時間。即使夢想之家完成，如果無法讓日菜入住，就失去意義。我希望能夠和她一起在夢想之家建立更多的幸福，那才算是實現我們的夢想，而且我很想親眼看到生活在那裡的人的笑臉、日常生活和他們的人生。這是我身為建築師的夢想。

這一天，六月六日是日菜二十六歲的生日。雖然我覺得她總是像小孩子般幼稚，但她已經是我認識她時的年紀了。這麼一想，就有很深的感慨。

我難得下午休假，開完會之後去了『雨滴』。前輩都說「偶爾要好好玩一下」，但像我這種在公司資歷最淺的人，可以蹺班去玩嗎？我總覺得於心不安。

「生活節奏無法有張有弛，不懂得勞逸結合的人，工作也做不好，玩的時候就要好好玩。」

老師這麼對我說，我決定今天接受大家的好意。

『雨滴』今天門庭若市。一方面是星期六的關係，中午時間，來吃午餐的客人坐滿了整家咖啡店。日菜在廚房內跑來跑去，忙得不可開交，滿頭大汗地做著今日特餐的『炸雞塊佐香味蔬菜蘿蔔泥』。雖然我很想幫她的忙，但我不會下廚，在她忙完之前，我都沒有點餐。

我坐在窗邊的座位默默聲援日菜，聽到有人說：「啊，你好。」轉頭一看，發現阿研站在眼前。他剛進來咖啡店，但沒有其他空位，他正準備離開。我叫住他，指著對面的空位問：「不好意思，如果你不介意……」他露出一絲不悅。我能夠理解他的心情。因為在他眼中，我是他的『情敵』，他當然不想和這樣的男人坐在同一桌，但他最後還是說「那就打擾一下」，在我對面一屁股坐下。他的眼神還是那麼可怕，可能覺得如果現在離開，在氣勢上就輸了。

我想著這些事，突然想到他以前對我說的話。

——我會搶走日菜。

不知道他們之後的關係怎麼樣了，日菜不可能劈腿，我對她完全沒有絲毫的懷疑，但還是忍不住有點在意，萬一日菜被他搶走怎麼辦？萬一日菜對我說：「阿研比你更有男人味，所以我喜歡他！」那我該怎麼辦？

嗶咯！生命錶發出聲音。

唉，我在幹嘛！這次完全是自掘墳墓。

「最近還好嗎？」阿研一臉不悅地開口。

「啊？喔，託你的福，工作方面很順利。」

「誰問你這個，我是問你和日菜的事。」

「和日菜的事？」我眨著眼睛。

「不是啦，我是問你們……要怎麼說……就是……你們不結婚嗎？」

聽到『結婚』這兩個字，我大吃一驚。我喝了一大口水平靜心情，然後回答說：

「我當然有考慮。」

「既然這樣，那就趕快結啊。」

「但並不是現在，我已經決定求婚的時間了。」

「也對啦，還沒辦法獨當一面的建築師根本沒辦法讓她幸福。」

他的話充滿挑釁，我忍不住火冒三丈。

「這句話是什麼意思？」

「就是字面上的意思，你不是在那個姓真壁的人的事務所上班嗎？即使自立門戶，也沒辦法撐下去，不是嗎？說你無法獨當一面已經很客氣了。」

「你說得沒錯，但我目前是在老師那裡學習，我會磨練技術，有朝一日還會自立門戶，而且我目前也會主動找客戶承接案子。」

「是喔，結果怎麼樣呢？結果呢？」

「這個嘛……」我結巴起來。夢想之家完全看不到任何希望。

「你別彎腰駝背，看起來像犰狳，所以你是不是沒有才華？」

阿研露出勝利的笑容。可惡，他仍然喜歡日菜嗎？才會故意挖苦我。好，既然這樣，我也不能認輸。

「我有朝一日，一定會建造和日菜的夢想之家。」

「夢想之家？」

「對，讓日菜得到幸福的房子。」

「該怎麼說，你說的話讓人覺得害羞，你竟然可以大聲說這麼肉麻的話，我看你的精神根本是鐵打的，你說這種話不會不好意思嗎？我都起了一身雞皮疙瘩。」

少、少囉嗦……不要這麼冷靜地嗆我。我的耳朵發燙，簡直就像火燒。

「那你就好好努力，等你做出結果，我會稱讚你，雖然我想不太可能。」

真是的，這傢伙明明年紀比我小！為什麼這麼討厭！

嗶喀！因為我太不甘心，火冒三丈，結果生命減少了一年。

「喂，阿研，你不要欺負誠。」緣姊假裝用托盤打阿研的頭，「你說他沒有才華，他未免太可憐了，更何況他的確有才華。」

「啊？緣姊，妳怎麼會知道？」

「因為上次真壁先生這麼說啊，說誠具有把光、風、綠色和建築融合在一起的才華。」

「真的嗎!?」我驚訝得站了起來。

老師稱讚我！我渾身的血倒流，全身的毛孔都噴著熱氣。太感動了，一下子就增加兩年的壽命。

「嗯，他還說，很期待看到你十年後或是二十年後的作品，他說他很想看看。」

十年後……我臉色發白。那時候，我已經不在這世上。老師看不到我十年、二十年後建造的建築，我無法回應他的期待。來得及嗎？我這樣真的有辦法實現和日菜的共同夢想嗎？沒時間了，我所剩下的時間真的不多了。

傍晚，我們搭公車前往葉山的法國餐廳。就是三年前沒去成的那家餐廳。如今，每年我們兩個人的生日都要來這家餐廳，這成為我們的新情侶守則。說實話，這家餐廳有點貴，所以日菜說：「不用那麼大手筆。」但是我想去那家餐廳為她慶生。每次來這裡，我都會想起那天深深傷害了日菜，因此每年都來這裡，不忘初心。

「你剛才和阿研在聊什麼？」

日菜把叉子上的牛肉送進嘴裡時問我。

「沒聊什麼，只是閒聊而已。」

我想起阿研可惡的表情，忍不住皺起眉頭。

「啊喲啊喲，看你的表情，他該不會說了什麼不中聽的話？」

「即使他說了，我也不會告訴妳，不然好像在告狀，太丟臉了。更何況我是男人，基於男人的自尊心，有些話不能說。」

「哇，好有男人味。」日菜開玩笑說道，喝了一口紅酒。「但如果他說了什麼討厭的話，你要告訴我，我會去罵他。」

「沒事啦，而且沒關係，因為今天緣姊告訴我一件好事，她說老師稱讚我。」

「啊！你已經聽說了!?我還打算等一下告訴你！是不是說，你具有可以把人和大自然融合的才華!?」

我喝著紅酒笑了。日菜一臉掃興地噘著嘴，「我原本還想第一個看到你喜悅的表情。」她說的話太可愛了，但隨即很快露出憂鬱的表情，抬眼看著我問：「就這樣嗎？除了這句話以外，緣姊還有沒有說什麼？」

她一定想問是不是有說老師想看我十年後、二十年後建造的房子，她很在意這件事，擔心我聽了之後會難過，我搖搖頭。「沒有，就只有這句話。」

「這樣啊。」日菜瞇起眼睛，安心地笑了。

我把葡萄酒杯放在潔白的桌布上。搖晃的葡萄酒在燈光照射下，在桌布上投下深紅色的影子。影子緩緩搖晃著。

「日菜，那起車禍發生至今快三年了。」

日菜立刻收起笑容。

「我們的餘命剩下十四年，每個人只有七年的生命……太短暫了。」

「看看，你最近會不會太急躁了？我一直覺得，在參加初世太太的葬禮之後，你就一直很急躁。你比之前更不常回家，整天都埋頭工作——啊，我不是說我很寂寞的意思，我知道你在為我們的夢想努力，但是你在家的時候也都在想事情，我有點擔心。你不要太急了。」

「我當然會心急啊，我們以後爭奪生命會比現在更困難，要趁現在完成所有力所能及的事，如果不趕快，在夢想實現之前，我們的人生就結束了。」

日菜一臉難以接受，我知道自己說錯話了，用中指推推眼鏡的鼻橋，然後又調整心情，用餐巾擦擦嘴，笑著對她說：

「我準備了生日禮物。」

「啊!?」原本難過的臉上綻出欣喜，應該有幾分是演出來的。

「妳看，就在那裡。」我指向她後方。離我們座位有一小段距離的牆邊放著用白布蓋起來的禮物。日菜看到那麼大的禮物，忍不住像小孩子般興奮地問：「是什麼是什麼!?」然後蹦蹦跳跳地跑向禮物問我：「我可以看嗎？」她掀開白布，白布下是一張『Hephaestus』的椅子。日菜驚訝得說不出話。「這張椅子……」她轉頭看著走向她身旁的我。

「和妳三年前送給我的那張椅子一模一樣。」

「啊？但是那是手工製作的，不是沒有第二張了嗎？」

「我特別向他們訂製的，要求和那張椅子坐起來一樣舒服。日菜，妳之前不是曾經說過，既然完全貼合我的身體，妳也想和那張椅子完全貼合嗎？」

「你還記得……」

日菜興奮地瞇起眼睛笑了。睫毛上的淚珠閃著光。

嗶咯！手錶發出聲音，我被奪走一年的生命。

「啊，對不起。」日菜慌忙道歉，但我對她搖搖頭。

「現在不必在意爭奪生命的事，看到妳這麼高興，我很開心。」

「這個手錶偶爾也可以發揮作用，可以讓你瞭解我真的感到很高興。」

「即使沒有手錶，看妳的臉就知道了。」

日菜又笑了，輕柔的笑容簡直就像蒲公英的冠毛。看著她的臉，內心隱隱作痛。那是幸福的痛。日菜感到高興，真是太好了，我希望可以帶給她更多喜悅，為她帶來更多、更多的幸福。所以我要努力，我要用自己的生命讓日菜幸福。

吃完晚餐，回到家後，我決定搭末班車回事務所。「你要回事務所？」日菜一臉寂寞地問我，我把換洗衣服塞進背包回答說：「有一項工作我想在今天完成。」然後就走出家門。今天是她生日，我對自己要回去事務所工作感到抱歉，但我沒有時間在家裡浪費時間，還是回事務所把工作處理完，然後再重新推敲夢想之家的設計方案。如果可以把預算壓得更低，也許就會遇到願意合作的人。

我坐在東海道線的四人座位上，看著車窗外一望無盡的黑暗。進入隧道後，看到自己的臉出現在玻璃窗上。我發現自己的表情很凝重，緊張的神情好像在被死神追趕。我對著玻璃窗中的自己說——

沒有時間了，要加快腳步，必須比現在更努力……

隔天早上，真壁老師看到我睡在事務所沙發上，把我踢醒。我慢吞吞坐起來，用力揉著眼睛說：「早安。」老師雙手拿著兩個馬克杯，把其中一杯遞到我面前問：「昨天不是雨宮嫂生日嗎？」他泡了咖啡給我，咖啡香氣讓我的腦袋一下子清醒。

「是啊，但我搭末班車回來這裡。」我喝著咖啡。

老師坐在桌角，無奈地搖搖頭。

「偶爾也要做一些建築以外的事，不管是約會還是其他的事都好，我不是說過嗎？有張有弛很重要，而且建築以外的事有時候可以為工作帶來靈感。」

「我沒時間玩。」

真壁老師聽了我的尖聲回答後看過來，馬克杯仍然舉在嘴邊。

不行，我要克制，但是我的情緒高漲，焦躁湧上心頭。

「我沒有時間了，必須趕快實現夢想。」

「你是說之前提到的房子的事嗎？你要和雨宮嫂一起住的小社區，我認為設計概念很不錯，但恐怕無法輕易實現，而且大概很難有利潤。這種事不能急躁，必須慢慢來，你首先要累積身為建築師的成績——」

「我沒有時間慢慢來！」

老師瞪大眼睛。我從來沒有這樣大聲說話。

「你在急什麼？」

我咬著嘴唇，垂下眼睛，然後開口。

「……我只有七年……」

「七年？」

「我只剩下七年可以活……」

老師嚇了一跳，但可能以為我在開玩笑，苦笑著問我：「這是所謂的毀滅性人格嗎？」然後繼續喝著咖啡。我猛然回過神，露出淡淡的苦笑。「也許吧。」即使把實話告訴他，他也不可能相信，而且不可以把共享生命的事告訴別人，一旦說了，就違反了奇蹟法。

我悶悶不樂地看向窗外，太陽正準備升向高空。這個世界為我們帶來全新的早晨，但是，看到太陽就忍不住想，又是新的一天開始，我們所剩下的時間又少了一天。

夏天已經進入尾聲，幾個颱風過境後，天空的顏色越來越深，走在海邊時，透明的風讓人忍不住顫抖。每個季節結束，依依不捨和強大的焦躁就在我內心徘徊。生命錶上的餘命顯示了『7』這個數字。車禍發生至今已經三年，我們的生命又少了一年。

「你又在意手錶了嗎？」

我穿上不太習慣的西裝，打上領帶，在由比濱的海邊坐下時，明智不知道什麼時候站在我身旁。我已經習慣他這樣突然出現了。

「我的餘命又減少了，當然會在意啊。」

我們都只剩下七年的時間，共享生命這件事更加困難。現在經常會發現餘命只剩下不到三年，如果不隨時注意，可能很快就會失去所有的生命。

「但不必這麼神經過敏，日菜的幸福體質現在已經很穩定了。」

「不瞞你說，這件事讓我很焦慮。」

明智低頭看著我。

「日菜一定都在努力克制，不讓自己感受幸福。」

「你發現了嗎？」

「嗯，我一直很納悶，為什麼日菜不像以前那樣輕易奪走我的生命了，然後就發現，她刻意和快樂的事、高興的事保持距離。她在生活中壓抑內心，避免自己感受幸福，避免奪走我的生命。我是因為日菜的不自由，才能這樣活著。」

想到她為我的奉獻，就感到心痛。我希望日菜可以像以前一樣歡笑、開心，充分表達內心的感情，然而，這會讓我的生命遭遇危險。如今餘命減少三年，這樣太危險了。那我能用什麼回報她？只有一件事。

那就是實現我和她的夢想，只有這件事可以回報她。

然而，我太沒出息，現在甚至無法抓到夢想的契機。今天又去拜訪了開發業者，希望能夠合作，卻無法得到滿意的回答。開發業者認為，只建五戶到七戶，沒什麼利潤，問我「是否該增加戶數？」但如果增加戶數，就失去意義。想要讓社區的住戶在生活中攜手互助，戶數就不能多。如果建五十戶、一百戶，就和普通的公寓沒什麼兩樣。雖然我充滿理想，但事與願違，內心的焦慮不斷增加。照這樣下去，無論再怎麼堅持，夢想也不會實現。是不是該改變計畫，讓建商有利可圖？我持續這樣自問自答。

我站起來，拍掉屁股上的沙子，然後用力深呼吸，轉換心情。

不能灰心。應該還有努力的空間，我要更加認真思考。

手機響了。是磐田先生打來的。自從上次參加初世太太的葬禮後，我一直以忙碌為由，沒有去探視他。

我帶著歉意接起電話，磐田先生說：

『誠嗎？我有重要的事想和你談。』

隔天，我去拜訪了磐田家。磐田先生滿面笑容迎接我。和守靈夜時相比，他的氣色好多了，但仍然一眼就可以看出，他仍然沉浸在失去最愛的人的悲傷中。

他的家裡很亂，流理台內堆滿碗盤。我看著雜亂的房間深刻體會到，初世太太真的離開了。

「日菜每個星期會來這裡一兩次，幫我收拾房間，也順便煮飯給我吃。她每次都煮很多，幫了我很大的忙。」

他的兒子無法和他一起生活嗎？純一先生目前在西班牙，之前聽說在數年之內，都無法回到日本。我想起純一先生在守靈夜時冷漠的態度。他很過分，即使母親去世，他仍然堅持回去工作。不，如果這麼說，我不是也一樣嗎？在日菜生日的那一天，還把她獨自留在家裡，自己回事務所工作。我和純一先生是同類。

磐田先生一邊整理凌亂的房間，一邊露出自嘲的笑容說：「之前都是初世包辦所有的家事，我連吸塵器都不會用。」

我們一起把房間大致整理乾淨後，我走去佛堂，坐在初世太太的遺照前。她的骨灰已經入土。初世太太在照片中露出可愛的笑容，氣色很好。據說是他們四年前一起去旅行時，拍下了這張她很喜歡的照片。

我閉上眼睛，合起雙手，想起在守靈夜時的初世太太。她全身冰冷地躺在棺木中，我想起她乾瘦的樣子。死神在催促我，說我已經沒有時間了，我慌忙離開佛堂，想要擺脫這個聲音。

磐田先生在廚房用水壺燒水，不知所措地向櫃子張望。「家裡很少有客人來，所以我不知道紅茶的茶葉放在哪裡。」我和他一起找了一下，在吊櫃中找到茶葉，那是之前初世太太為我們沖泡美味紅茶時所剩下的，我們相視而笑。

一陣手忙腳亂後泡出來的紅茶和之前喝的完全不同，一點都不好喝。磐田先生深深地坐在沙發上苦笑說：「沒想到不同的人泡出來的茶味道差這麼多。」

我看著茶杯中琥珀色的紅茶說：「是啊。」

「你工作這麼忙，今天還找你過來，真是對不起啊。」磐田先生笑著說，似乎想趕走沉重的氣氛。

「不，別這麼說，我才不好意思，都沒有來看你。」

「你還年輕，該專心工作，你遇到一位好老師，真是太好了。」

「只是一直被壓榨。」我努力擠出笑容。

磐田先生把茶杯放在茶托上後，清清嗓子。他表情一變，端正姿勢後進入主題。

「我今天請你來這裡，」他可能要對我說什麼重要的事，「是因為想拆了這棟房子。」

「啊？」太意外了，我懷疑自己聽錯。

「我一個人住太大了，初世還活著的時候，我們有時候會聊到這件事，打算建一棟小一點的房子，兩個人安安靜靜過日子。雖然這個夢想無法實現，她也去世了，但我認為現在是很好的時機。」

「但是這樣真的好嗎？這裡不是從祖先手上繼承的重要房子嗎？」

「不必在意這種事，過去不重要，未來才重要。這裡有很多關於初世的回憶，要拆掉當然有點寂寞，但如果因為寂寞就繼續留著，未免太可惜了，比起像我這樣的老人獨自住在這裡，我相信可以有更有意義的使用方式。」

磐田先生說到這裡，露出微笑，眼尾擠出魚尾紋。

「比方說，可以用來實現你們的夢想。」

「你的意思是……」我情不自禁地脫口問道。

「這片土地和後方的雜木林加起來，土地面積還不算小，我記得你的構想是正中央有一個廣場，周圍有五棟到七棟的房子——是不是這樣？我想這片土地應該夠了。」

嗄鈴！生命錶發出聲響。喜悅變成聲音傳入我耳中。

「誠，我希望在這片土地上，建造你們的夢想之家。」

「……真的嗎？真的可以嗎!?」

「當然，只不過我已經上了年紀，具體的事宜想交給我兒子純一處理，我會把這片土地交給他，由他成為業主，著手進行各種準備，這樣可以嗎？」

「可以！當然可以！」

「太好了。」磐田先生深深點頭，我可以看到他的頭頂。「下下禮拜，純一會因公回到日本，到時候再具體談。」

我渾身顫抖，呼吸急促，我好像抱著自己的身體般抱緊雙肘。

夢想可以實現了……興奮貫穿我的全身，我幾乎無法再繼續坐在這裡，很想大叫著在路上奔跑。生命錶從剛才開始就不停地發出叮鈴！叮鈴！的聲音。我想趕快告訴日菜，想像日菜高興的表情，又開心不已，結果又奪走她的生命。

我的餘命年數變成『11』，日菜只剩下三年的生命。我奪走她太多生命了。我必須冷靜，但又沒辦法冷靜。我高興得全身熱血沸騰，握緊雙拳，仔細體會著這份喜悅。

詳細情況下下週再談。我和磐田先生這麼約定之後，離開他家。磐田先生一關上門，我立刻拔腿跑向『雨滴』。身體好像長了翅膀般輕盈，無論跑多久，都不覺得累，我覺得自己可以跑去天涯海角。

「──日菜！」

我一衝進『雨滴』，就大聲叫著她的名字。日菜拿著手沖咖啡壺站在吧檯內，用力眨著眼睛。店裡只有阿研一個客人。

「怎麼了？你好像很興奮，發生什麼事？」

日菜從吧檯內走出來，我不由分說地抱住她。阿研大叫著：「啊!?竟然在大庭廣眾之下就恩愛起來！」

日菜也驚訝地問：「怎、怎麼了!?」

「我們的夢想可以實現了！」

「啊……」她似乎無法理解我這句話的意思，在我的臂彎中愣住。

「剛才磐田先生說，他要用那片土地來實現我們的夢想！」

「真、真的嗎？」

日菜的身體變熱。我放鬆手臂，對她笑笑，日菜熱淚盈眶。

「這不是做夢吧？」

「怎麼可能是做夢？」我捏著她的臉頰。

「是真的。」她笑出來時，淚水滑下來。「看看，太好了……真是太好了。」

她的淚水撲簌簌地流下，然後皺起臉開始大哭。

看到她喜極而泣，我也跟著哭了。

「太好了！太棒了！看看，恭喜你！太恭喜你了！」

說完，她抱住我。她的淚水沾濕我的襯衫，我的生命被奪走了。日菜感到很高興，她這麼幸福，這麼高興。

人生並不壞。我抱著日菜，有生以來第一次這麼想。之前的努力和痛苦，一切都有了回報。這麼一想，就更想哭了。

「那我們終於可以去把時光膠囊挖出來了。」

「嗯！對喔！」

「日菜，謝謝妳，這一切都是妳的功勞。」

「才不是呢，是你很努力，是你的努力得到認同，我什麼都沒做。」

我曾經一次又一次傷害日菜，走了很多彎路，但我們能夠在生命結束之前實現夢想。這件事令人高興，實在太令人高興，終於可以回報日菜了。

「誠，恭喜你。」

緣姊為我鼓掌，我和日菜擦著眼淚，向她道謝。緣姊的淚水在眼眶中打轉。

緣姊關起店門，為我們舉行一個小小的慶祝會。日菜顯得很高興，明明不會喝酒，卻喝了很多，結果醉了，從剛才就一直笑個不停。我好久沒有看到她這麼盡情地笑了。日菜在平時總是拒絕幸福，拒絕感受高興，但現在終於可以幸福了。這比任何事更令人感到高興，也比任何事令人感到幸福。

我有了幾分醉意，於是坐在露台的座位上等醒酒。傍晚的風吹在身上很舒服，抬頭仰望天空，群青色、桃紅色和橙色交織在一起，有一種夢幻的美，點綴其間的幡狀雲就像海浪打來。我已經多久沒有發現天空如此美麗？

自從我們開始爭奪生命後，我無數次傷害了日菜，但在決定和日菜共同生活下去的這三年期間，我和她一起走到今年。我曾經焦急，好幾次都差一點放棄，以為可能無法讓日菜看到我們的夢想之家。

幸好我沒有放棄……

喝完葡萄酒杯裡的酒時，明智出現在草皮上。

「誠，恭喜你。」他露出了真心的笑容，「你沒有輸給不合理的奇蹟，你的確很努力，太了不起了，我發自內心這麼覺得。」

「多虧有日菜，我才能做到。」我搖頭，在回答時仔細體會這句話。

不一會兒，阿研拿著葡萄酒瓶走過來，然後默默在我的杯子裡倒了酒。咕突咕突咕突……深紅色的葡萄酒發出暢快的聲音，漸漸倒滿杯子。

「上次不好意思，我說你沒有才華。」

「別這麼說，我只是運氣好。」

「運氣也是一種才華，你可以更有自信，看看，你很了不起……」

阿研笑著，我從來沒有看過他這麼親切的笑容。

「你要讓日菜幸福，這件事就交給你了。」

他這麼對我說。

「好。」我用力點頭。

然後我們聽著日菜從店內傳來的幸福笑聲，坐在一起喝酒。嗶咯！我的生命被她奪走了，但現在覺得這個聲音很悅耳。我們感受著相同的幸福，手錶持續響個不停。坐在『雨滴』的庭院，可以聽到遠處海浪的聲音，晚霞滿天的天空令人目酣神醉。我一輩子都不會忘記這片風景，絕對不會忘記此刻的心情、這份幸福，和日菜的笑聲。日菜的心情應該和我一樣。

今天這個日子成為我們的寶物。

看看實現我們夢想的那個瞬間，眼前的霧好像突然散開，世界頓時變得光明燦爛。我們開始共享生命已經三年，隨時都覺得日子不好過，卻也無可奈何。我告訴自己，因為我們在爭奪生命，努力壓抑自己。看到看看那麼興奮，我發自內心感到高興，即使現在回想起來，眼眶都會發熱。

『雨滴』的慶祝會至今已經一個星期，看看比之前更努力。純一先生下週就要回國，到時候看看要在他面前做簡報，說明夢想之家的構想。「除了設計概念，我還想給他看適合那塊土地的設計圖，讓他具體瞭解我想建造的房子。」他廢寢忘食，整天坐在電腦前。光是做真壁先生交付給他的工作就已經夠忙了，我很擔心他會累倒。

而且，我還擔心另一件事，那就是純一先生。老實說，在葬禮上看到純一先生後，我對他的印象不太好。不知道該說他很冷酷，還是沒有感情，但他將成為業主。如果純一先生不點頭，不認同看看的設計概念……一旦他拒絕，一切又會回到原點。我們所剩下的時間不多了，也許再也沒有這種機會……這麼一想，就不禁擔心不已。

「——你們還是這麼不害臊啊。」

坐在簷廊上看著流浪貓的能登背對著我說。

坐在客廳沙發上的我停下正在折衣服的手，皺著眉頭問：「妳又要抱怨？」

「對，我要抱怨，一大早就這麼親熱，看得我臉都紅了。」

「妳看到了!?妳不是說好這種時候不看嗎!?」

「我和你們相處也要邁入第四年，都老大不小了，難道不覺得丟臉嗎？」

「不覺得，我反而為我們感情仍然這麼好感到驕傲。」

「你們想曬恩愛，我還不想看呢，不過——」能登把頭轉過來，「這樣的話，妳就不會再想那件蠢事了吧。妳有了活下去的理由，有了和小鬼一起活下去的理由，所以不要再有那種愚蠢的念頭。」

「……我所有的想法都瞞不過妳。」

「當然啊，我認識妳已經這麼久，而且妳太單純了。妳是不是打算一旦共享生命遇到困難，妳就要把所有的生命都給他？」

我移開視線，抓著臉頰。

「真是個笨女人，但現在妳不能再做這種蠢事了。在你們的夢想之家完成，你們在那裡過幸福的生活之前，妳無論如何都必須活下去，不是嗎？」

「能登小姐，對不起，讓妳為我擔了很多心。」

「我並沒有為妳擔心。」

「又來了，又來了，妳明明很擔心。」

「誰為妳擔心啊。」

能登探出身體，生氣地說。

「呵呵，每次逗妳，妳都會生氣，真是太可愛了。」

「吵死了。」她咂著嘴，害臊地轉身。「妳有時間觀察我，不如趕快為結婚做準備。」

「結婚!?」原本拿在手上的看看內褲掉在腿上。

「有什麼好驚訝的？蓋房子不就是這麼一回事嗎？」

我爬到坐在簷廊上的能登身旁。

「看看會向我求婚嗎!?」

「不要靠近我，煩死了。」

「其實我也想到這件事，夢想實現的話，看看可能會向我求婚！啊，啊啊！不知道是什麼時候！很快嗎!?還是會等房子蓋好!?那就還要等很久。」

「我怎麼知道，這種事根本無所謂，不要問我。」

「妳真冷漠。」

我嘟著嘴，能登「噗哧」一聲笑了。她笑的時候就是很像少女的幼稚表情。我很喜歡她笑的樣子，比她板著臉凶巴巴的樣子迷人多了。

「日菜，你們和普通人相比，或許稱不上幸福，剩下的時間也不多了，但是……」

能登一雙大眼睛注視著我。好溫柔的雙眼。

「即使這樣，妳也要活到最後，而且要幸福，用這種方式守護妳的歸宿到最後，知道嗎？」

我的歸宿——那就是看看的身旁，以及有能登、明知、磐田先生、緣姊和阿研的簡單生活。

「今天對我真好啊，太溫柔了。」

「少囉嗦，如果妳繼續調侃我，我再也不說了。」能登把頭轉到一旁。

「開玩笑啦。」雖然我這麼說，但她還是沒有看我。

我對著她的後背笑了起來。

「謝謝妳一直為我擔心，我最喜歡妳了。」

「不要說這麼噁心的話。」

能登說完這句話，害羞地消失。

那天晚上，看看下班回到家後，關在書房內，連晚餐都沒吃，就開始畫夢想之家的設計圖。雖然他之前也這樣，只要一投入，就會廢寢忘食，最近更是幹勁十足。我能不能為他做點什麼？我很氣自己幫不上任何忙，於是想到至少可以為他準備宵夜，就為他做了飯糰和味噌湯。

「我剛好肚子餓了。」看看拿下眼鏡，伸了一個懶腰。

他似乎很高興。呵呵，太開心了。

「但這麼晚吃宵夜會發胖，在夢想實現時，你的肚子可能會變這麼大，你太胖的話，我會把你賣掉。」我誇張地拉起睡衣肚子的位置，看看說：「那我還是不吃好了。」把飯糰放回盤子。

「騙你的啦，你吃吧、吃吧。要吃明太子？還是柴魚？兩個都很推薦喔。」
「我跟妳開玩笑的，我兩個都要吃。」
看看一下子就吃光兩個飯糰。
「你來得及在簡報之前完成設計圖嗎？」我從後方抱住他，探頭看著電腦。雖然我看不懂，但想到這就是不久的將來建造的夢想之家，就忍不住興奮雀躍。
「別擔心，我一定在簡報之前完成。」看看喝了一口杯子裡的蘇打水。
「但我有點擔心，不知道純一先生會不會贊成你的方案。不能由磐田先生擔任業主嗎？」
「如果實際建造，最快要兩年後才能完成，磐田先生年紀大了，會很不安。他擔心自己萬一有什麼三長兩短，計畫可能觸礁，他是為我們著想。而且他一定是希望可以和純一先生，還有孫子一起生活，因此必須讓純一先生對這件事有積極的態度，希望他能夠對建造在那裡的房子產生感情。」
「是嗎？但是我還是很不安。」我搖晃著看看的身體。
「不會有問題，我會畫出讓純一先生滿意的設計圖，而且我覺得那裡是實現我們夢想最理想的地方。」

「對啊，磐田先生一直很支持我們。」

「我們的夢想是磐田先生的夢想，而且也是初世太太的夢想。」

「這麼一想，就覺得很美好。」

看看摸著我環抱住他脖子的手臂。他的手又大又溫暖。

「日菜，我絕對會實現我們的夢想。」

這句意志堅定的話讓我感到安心。

我親吻了他，向他道晚安後，先走去二樓臥室。來到走廊上時，看到明智站在那裡。

「誠今天一樣很努力。」

「但他睡眠不足，我很擔心他會累倒。他就像山豬。」

「山豬？」

「我們兩個人一旦決定目標，都會像山豬一樣莽撞直衝。」我用食指把鼻孔往上推，做出山豬的臉。

明智呵呵笑著說：「的確是這樣，但他努力是理所當然的事，畢竟他正在面對考驗。」

「考驗？誰考驗他？」

「人生。每個人都想留下自己活過的證明，雖然對大部分人來說，孩子就是自己活過的證明，對他來說，就是你們的夢想。誠想要藉由建造你們的夢想之家，留下活過的證明。他身為一個男人，身為一名建築師，能否完成這件事，是他面臨的人生考驗。」

看看的夢想是建造可以陪伴屋主漫長人生的房子，如今他正面臨是否能夠完成這種房子，是否能夠實現夢想的緊要關頭。既然他要建造支持別人人生的房子，那我希望可以支持他。這就是我該做的事，我希望他能夠在這個世界留下活過的證明，希望他能夠充分使用剩下的時間……

「明智先生，你留下了活過的證明嗎？」

「不，可惜我沒能夠留下。」

「這樣啊……對不起，問你這麼奇怪的問題。」

「是我不好意思，在妳準備睡覺時和妳聊天。」

我搖著頭，說了聲「晚安」，沿著走廊走向樓梯時，他叫住我。

「日菜。」

我回頭看著他，他欲言又止。

「……妳上次不是說，如果有妳幫得上忙的事，妳會盡力嗎？」

「啊？」

他抬起頭，用緊張的聲音對我說：

「我想請妳幫一個忙。」

隔天早晨，我比平時稍微提早出門，騎著腳踏車前往『雨滴』。今天早晨的風有點涼，薄夾克似乎有點擋不住風。騎著腳踏車，抬頭仰望的天空，彷彿藍中帶紫的琉璃色顏料溶化般，嶄新的太陽從稻村崎那一帶探出頭，雲的輪廓染上陽光的色彩，閃著金黃色的光芒。

明天希望妳趁還沒有人的時候去『雨滴』。明智昨天這麼對我說，雖然我問了他理由，但他只回答說「明天再告訴妳詳細情況」。我有能力幫到他嗎？而且他要我幫什麼忙呢？

我來到『雨滴』時，緣姊還沒有來。我把背包放在吧檯上，叫了一聲「明智先生」，他立刻出現，向我道歉：「不好意思，讓妳一大早來這裡。」

「完全不必介意……請問要我幫什麼忙？」

明智將視線移向右側，咖啡店角落的那個古董櫃子。

「我希望妳把那個櫃子裡面的東西都拿出來。」

「啊？為什麼？」

「不好意思，如果妳動作快一點，我會很高興。我希望在緣來店裡之前處理完畢。」

緣？明智剛才叫緣姊『緣』。第一次有人這樣直接叫緣姊的名字，我和其他老主顧都叫她『緣姊』。

「明智先生，你該不會之前就認識緣姊？」

現在回想起來，我發現明智看緣姊的眼神和單戀的人的眼神不太一樣。那不像是戀愛的眼神，而是帶著一絲悲傷，我以為那是「單戀」，但也許我猜錯了。

我打開櫃子，裡面塞滿緣姊的私人物品。我把信紙和櫻花色的信封、首飾，以及應該是旅行時買回來的擺設拿出來後，發現了幾張照片。那些照片都已經泛黃，看起來像以前的照片，照片上是緣姊年輕時的樣子。

咦？照片有點奇怪。我忍不住歪著頭。雖然每張照片上都只有緣姊一個人，但她並沒有站在正中央，而是稍微偏離中間的位置，好像是和另一個人的合影，而且看照片的感覺，旁邊應該有人。我又看了另一張照片，那張照片也一樣，緣姊好像挽著另一個人的手，但旁邊並沒有看到任何人。

「日菜。」聽到叫聲，我回過神。明智很著急。我要動作快一點。我又繼續把櫃子裡的東西拿出來。

把所有的東西都拿出來後，終於看到放在最深處的東西。那是一個皺巴巴的牛皮紙袋，可以摸到裡面像是四方形盒子的東西。我看了一眼明智，他用力點點頭。這似乎就是他要找的東西。我把手伸進紙袋，拿出紙袋裡的東西。

這是……紙袋裡有一個戒指盒。紅棕色的木盒子塗著清漆，從窗戶灑進來的陽光下，富有光澤的盒子閃閃發亮。

「可以幫我打開嗎？」明智站在我身旁。

我想要打開盒子，但可能放太久了，必須用很大的力氣才能打開。終於打開後，發現裡面有一枚戒指。那是鑲了深綠色祖母綠的銀戒指，戒指好像從長眼中甦醒般呼吸著早晨新鮮的空氣，綻放出璀璨光芒。但是，那枚戒指看起來不像新的，感覺戴了很久，有些地方有細微的刮痕。

「這是？」我看著明智。

他注視著戒指，靜靜地對我說：「這是緣的戒指。」

「緣姊的戒指？」

「對，妳猜對了，我之前就認識緣。不，說認識有點太見外了。我們——」

明智露出了懷念往事的微笑。

「我們以前是夫妻。」

明智和緣姊曾經是夫妻。我難以置信，張著嘴，卻說不出話。

但是仔細思考之後，就覺得並不奇怪。明智的痛苦眼神，原來是注視太太的眼神，然而，有一件事我無論如何都無法理解。

「我之前曾經問過緣姊，難道沒有想過要結婚嗎？如果她結過婚，當時應該會告訴我，她為什麼隱瞞了和你結婚的事？」

明智坐在吧檯前的椅子上，用手指摸摸下巴。他的表情黯然。當他將視線移回我身上時，先說了一句開場白：「希望妳聽到以下故事時不要驚訝。」

然後又接著說：「我們以前和你們一樣，也曾經共享生命。」

「你和緣姊嗎!?」

「那是十九年前的事。我們在湘南結識，她在一家小型水上運動用品店工作。我喜歡沖浪，剛好走進那家店，對她一見鍾情。緣很迷人，無論文靜沉穩的說話方式，還是穩重的個性，還有她的溫柔體貼都很迷人。她的笑容最美，並不是像煙火那種燦爛的笑容，而是像牽牛花慢慢綻放般寧靜而美麗。我對這樣的她一見鍾情。說起來很丟臉，我當時使出渾身解數追求她，即使沒事，也會去她店裡。不久之後，她終於回應我的心意，我們開始談戀愛。交往一年後，我向她求婚。這枚戒指就是我當時送給她的。」

「所以這家店是？」

「嗯，『雨滴』是我開的店，在海邊開一家咖啡店一直是我的夢想。我向很多人借錢，籌到了開店的資金，計畫在結婚同時開店。但是緣極力反對，說『我不適合做服務業』。」

他有些憂鬱。他想起了當時的緣姊。

「好不容易說服她，她勉強答應時，她這麼對我說：『如果你不在，我絕對不會做咖啡店，所以你千萬別比我先死，要一直留在我身旁。』她用自己的方式回應了我的求婚，那句話是我一輩子的寶物。」

明智閉眼一笑。

「之後，我們開了店。真壁當時還是初出茅廬的建築師，我向他提了很多任性的要求，也因為這樣，建造出這棟出色的房子。我們好像參加學校的文化祭一樣，每天都興奮地為開店做準備。我說店裡要放西洋音樂作為背景音樂，她強烈反對，說要放『南方之星』的歌，最後我還是堅持己見。桌子和椅子也都使用我很喜歡的『Hephaestus』。咖啡店剛開張時，我負責做午餐，緣負責飲料，但她笨手笨腳，每天都被客人罵，說她做的飲料都很難喝，她常常被客人罵哭。我每次都安慰她說：『別擔心，妳一定可以調出好喝的飲料。』說完，我會撫摸她的頭，她就笑著對我說：『那我繼續努力。』」

緣姊之前說，調飲料會感到難過。也許調飲料會讓她想起明智的事，內心感到痛苦。雖然我不知道他們共享生命的結局如何，但明智先死了，緣姊至今應該都無法忘記他。

「開了這家咖啡店的隔年，我們搭朋友的遊艇時發生意外死亡，然後就和你們一樣，在那個世界被問要不要接受奇蹟，就是共享生命。當時我們認為自己一定可以共享生命一起活下去。咖啡店終於步上軌道，我們不能就這樣死去。於是我們就約定要相互扶持，然後回到現實。但是，就像你們一樣，我們為此深受折磨，爭奪生命並不是一件簡單的事，之後就漸漸失控了。」

明智沉重的語氣讓我有一種不祥的預感。

「緣對於自己生命被奪走一事變得很神經質，當我感到幸福時，她就會大動肝火，質問我：『為什麼奪走我的生命？』即使有客人在店裡，她也照樣大聲質問我。」

之前曾經聽老主顧說，咖啡店剛開的時候，緣姊的情緒不太穩定。一定是因為他們當時在共享生命。

「開始共享生命的一年之後，緣——」

明智咬著下唇。

「她用菜刀攻擊了我。」

緣姊攻擊明智？那麼溫和的緣姊竟然會做那種事……

「所以你就……」

「幸好我保住小命，但是我在那之後發現她寫給未來自己的信。她在上面寫著，她覺得活下去好可怕，她不想要這種奇蹟……」

我也一樣。我曾經有過和緣姊相同的想法。

「於是，我就違反某項規則，把所有的生命都給了緣。」

「違反？」

「我放棄了奇蹟。」

看看寫下的共享生命規則中有這一項，可以放棄奇蹟，但這會觸犯奇蹟法。

「於是我就死了，她獲得了十八年的生命，一直活到今天，忘記了我，也忘記共享生命的事。」

「……忘記？」

「這是我放棄奇蹟得到的懲罰。我記得之前曾經告訴妳，放棄奇蹟的人會受到懲罰，這個懲罰抹去了我曾經在這個世界存在的所有痕跡。」

我太驚訝了，不禁捂住嘴。

「不光是從緣的記憶中消失，也從所有人的記憶中消失，還有戶籍、我寫的東西、我做的東西，以及做過的事，都被消除得無影無蹤。」

緣姊曾經說，她不太記得當初開這家店的理由。原來是因為忘了明智的事。真壁先生也說，忘記當初接這家店設計的來龍去脈。因為明智從所有人的心裡消失了……

「但是沒想到這家店還在。這家店的店名是她取的，可能被判定不算是我做的事。」

明智充滿憐愛地打量著店內，然後轉向我的方向。

「日菜，妳可不可以把戒指拿出來給我看？」

明智無法碰觸戒指，我放在手心上給他看。他伸出手，想要摸戒指，但手指穿過戒指。明智無力地皺起眉頭。

「她為共享生命深陷苦惱，把這個戒指丟還給我說：『早知道就不應該遇見你。』她說得沒錯，如果那天我沒有去水上運動用品店，如果我沒有愛上她，我們的人生就不會有交集，也不會發生那次意外。她就不會那麼痛苦，不會那麼難過了……」

明智懊惱地咬緊牙關，然後一雙濕潤的眼睛看著我說：

「所以我希望妳幫我處理這個戒指。」

「但是……」

「別擔心，這是緣丟掉的戒指，而且她已經不記得這枚戒指了，不會再想起來。即使留下來也沒有意義。」

「我不要。」我搖著頭，「你是不是希望有朝一日，再把這個戒指交給緣姊？所以才藏在櫃子深處吧？你一定希望再次戴在緣姊的手上。」

「不用了，她已經把我——」

「她沒有忘記你！即使她忘了和你一起生活的日子，我相信在她內心深處仍然記得。緣姊曾經說，只要調飲料，內心就會隱隱作痛，一定是因為她的內心還記得你。她一定記得她在沮喪時，你摸她的頭，她就感到高興，一定是因為心裡還記得，才會感到痛苦。」

我情緒激動，不知不覺哭了。生命錶發出聲響。

「所以……即使緣姊已經不記得了，也請你把這個戒指交給她，拜託了……」

明智雙眼通紅，眼角的眼淚一閃，一滴淚水滑下。

「我很想見到緣，我一直很想見到她，所以我主動要求負責你們，回到這個世界。只要一次就好，只要看她一眼就好。我無論如何都想要見到她……想要見到緣……在她死之前……」

「死……」

「緣會在一年後死去。」

「為什麼!?」

「她藉由共享生命得到十八年的餘命，十八年就要到了。緣會在明年十月死去。」

明智抱著雙肘，像呻吟般嘟噥道。

「日菜，妳說得沒錯，我想再次為緣戴上這枚戒指，就像那時候一樣，為她戴上戒指……就像當年幸福的時候……」

明智哭了。我看著他，淚流不止。我用手背擦著淚水，告訴自己不可以哭。我想要助緣姊和明智一臂之力。

「我知道了！我會想辦法，交給我吧。」

緣姊來到咖啡店後，我帶她來到庭院。今天的天氣很好，秋日的天空中有一大片魚鱗雲，樹木在南風的吹拂下，幸福地搖頭晃腦。

「怎麼了？為什麼突然來這裡？」

緣姊詫異地歪著頭，我讓她站在庭院正中央。

「請閉上眼睛。」

「啊!?怎麼回事、怎麼回事？妳要親我嗎？」緣姊開著玩笑。

「別問，別問了。」

緣姊很不甘願地閉上眼睛，我把祖母綠的戒指從口袋裡拿出來。

「妳可以把左手伸出來嗎？」

「妳到底要幹嘛？好可怕。」緣姊戰戰兢兢地把左手拿到胸前。

我對站在旁邊的明智點點頭，他把右手放在我拿著戒指的手上，做出拿戒指的動作。雖然他無法觸碰戒指，只是假動作而已，但明智此刻正拿著這個戒指。至少在我眼中是這樣。

然後，我和明智一起把戒指套在緣姊的左手無名指上。

「啊？戒指？」緣姊閉著眼睛，身體微微抖了一下。

「啊，還不能睜開眼睛。」

我們把戒指緩緩戴在無名指上，明智在一旁露出幸福的表情。他想必一直很後悔，為共享生命期間，無數次傷害緣姊後悔，為讓緣姊陷入痛苦感到後悔。但是十七年後，他的臉上充滿了再度為心愛的人戴上戒指的喜悅。

「可以了。」

緣姊睜開眼睛，看著無名指，「哇！」地驚叫了一聲。

「怎麼會有這個？」

我不知道該怎麼回答，明智微笑著對我說：「妳對她說，是妳送她的。」

我搖搖頭，然後對緣姊說：

「這是非常非常愛妳的人送給妳的禮物。」

「愛我的人？誰啊？」

「我不能說，但是——」我看著明智，「是全世界最愛妳的人。」

「什麼意思啊？太莫名其妙了。」緣姊笑了起來。

看著緣姊的態度，我知道緣姊的確忘了明智。明智這麼久以來，十七年期間一直想要見她的心意無法傳達給她。我為明智感到很不甘心，不由得眼眶泛紅。

即使這樣，明智仍然高興地說：「日菜，謝謝妳，這樣就足夠了。即使她已經無法想起我，能夠再次把這枚戒指交給她，真的是太好了。」

說完，他看著緣姊，露出了柔和的笑容。他充滿憐愛地注視著戴在緣姊無名指上的戒指，注視著心愛的太太。

「好漂亮的戒指。」

緣姊笑著說，然後笑容漸漸消失。

「咦……怎麼會這樣……」

淚水順著她的臉頰滑下。

「我為什麼哭了？」

緣姊感到不知所措。想必她的內心想起明智了。她的內心為相隔十七年，再度和這枚戒指重逢感到高興。

「這麼漂亮的戒指……我感到非常、非常高興……太奇怪了，為什麼會這樣？我竟然哭了……」

緣姊注視著戒指哭泣，但她表情很高興，看起來很幸福。

明智看著她，靜靜地呢喃：

「緣……」

明智叫她的名字時的聲音格外溫柔。

「妳果然——」

明智看著緣姊微笑，淚水也跟著滑落。

「無論活到幾歲，妳還是這麼漂亮。」

緣姊對著太陽，舉起手上的戒指，微笑著。那是明智最愛的笑容，像牽牛花般美麗的笑容。站在一旁注視著她的明智，也開心地笑了起來。

他們站在草皮上，看起來就是一對幸福的夫妻。

「不好意思，讓妳陪著我做了那麼莫名其妙的事。」

那天晚上的回家路上，明智尷尬地向我道歉。

「不會啊，我很高興能夠幫上你們的忙，而且我很慶幸知道了你活過的證明。」

「我活過的證明？」

「你活過的證明，就是『雨滴』這家店。」

「啊？」他驚訝地停下腳步，我推腳踏車的手停了下來。

「明智先生，謝謝你。因為有『雨滴』，我才能遇到很多人。我遇見緣姊，還有磐田先生、初世太太，當然還有看看。因為真壁先生設計了那家店，基於那個緣分，看看才能夠在自己崇拜的大師手下努力工作，我們的夢想很快會實現。正因為有那家咖啡店，正因為有你，我才能夠和大家產生交集。」

明智仔細體會我說的話，點點頭。

「我很幸福。」

然後他抬頭看著星空笑了起來。

「我再次把戒指交給緣，緣繼續經營那家店。雖然她曾經說，只要我離開，她就會馬上把那家店收掉，但她仍然守護著我活過的證明。我得知這件事，高興得不得了。」

淚水從他望著天空的眼中滑落，他繼續說道：

「我也是，我也很慶幸能夠遇到你們。」

這個世界今天也因為某個人的情感而運轉。一個人愛另一個人的心情，一個人戀上另一個人的心情，讓世界持續運轉。這份情感會超越時間，在別人身上延續。我們延續了明智和緣姊的情感而活著，所以才能夠幸福。我們必須連同延續的那些情感，努力得到幸福。

這天，鬧鐘還沒響，我就醒了，立刻用冷水洗臉，發現在盥洗室鏡子中的自己看起來很緊張。我用力深呼吸，仔細刮了鬍子。

我在書房檢查資料是否齊全後，小心翼翼地放進包包，以免產生折痕。

「沒問題嗎？」日菜站在紙拉門前，一臉擔心地看著我。雖然我想對她說沒問題，但一旦開口，說話的聲音可能會發抖，我只對她點點頭。

純一先生的回答可能會讓這個計畫觸礁。如果他無法贊同『讓人和人之間在生活中建立良好感情的房子』這樣的概念，一切就會回到原點。無法保證還有下一次機會，所以無論如何，今天的簡報都必須成功。

「那我走了。」我在玄關穿好鞋子，回頭看著日菜。她一臉提心吊膽，好像快哭出來。我摸摸她的頭，攤開雙手問她：「怎麼樣？我的服裝沒問題吧？」今天我穿了深藍色西裝配卡其色棉長褲，和向日菜告白那一天的服裝相同。我們的夢想從那一天開始，所以我之前就決定，今天要穿這套衣服。我在西裝內穿了白色有衣領釦的襯衫，這件襯衫和真壁老師穿的是相同的品牌。我一直以來，都立志可以像老師一樣，成為一個為許多人帶來幸福的建築師。我要成為像老師一樣的建築師——基於這種想法，我選了和老師相同的襯衫。

「嗯！比平時帥一百倍。」日菜雙手握拳，點點頭。

「一百倍？聽起來好像我平時很遜欸。」我開玩笑說完後，拿起包包。

打開拉門，陽光刺進眼睛。清爽的風拂過門旁結著紅色果實的大花山茱萸後回到高空。冰冷的空氣稍微平靜了高亢的情緒。沒問題，一定不會有問題。我這麼告訴自己，然後邁開步伐。

純一先生認真看著設計圖，我在一旁說明設計概念。幸虧事先充分練習，說得很流暢。

順利說明完畢後，純一先生坐在沙發上思考了很長時間。磐田家的客廳內靜悄悄的。緊張幾乎撕裂了我的胸口，鬆開緊握的拳頭，發現手掌上清楚留下指甲的痕跡。

坐在旁邊的磐田先生問：「純一，你覺得怎麼樣？」但純一先生用手指抵著下巴，什麼話都沒說。

大約兩分鐘後，他終於把資料放在螺鈿工藝的茶几上，表情很可怕。他在大企業擔任要職，整個人散發出威嚴感。如果我不是坐在那裡，恐怕會被他的氣勢嚇到整個人向後仰。

純一先生終於開口。

「我認為是很不錯的方案。」

原本以為會聽到最壞的答案，所以我一時無法理解他說的話。磐田先生對我露出笑容，看到他的笑容，我終於理解了眼前的狀況。純一先生認同了我，認同了夢想之家的設計概念。

「說句心裡話，如果是以前，我應該不會同意，會要求你提出可以獲得更高利潤的方案，但在我媽葬禮時，我發現自己沒有做任何孝順父母的事，我媽罹患癌症時也一樣，照理說我應該馬上趕回來，但我只顧著忙自己的工作，把所有的照顧工作都交給我爸。爸爸，對不起。」

磐田先生聽了純一先生的話，淚水在眼眶中打轉。

「這片土地是我爸和我媽生活的地方，有他們滿滿的回憶，要如何使用，我會尊重我爸的意見，我也會不遺餘力提供協助。」

「謝謝！」

嗄鈴！手錶發出聲響。原本的不安都是杞人憂天。夢想終於可以實現了。雖然還有很多細節作業，但只要進展順利，最快兩年後就可以完成。那時候我們還剩下五年的生命。雖然時間不算很長，但可以讓日菜住進夢想之家──

「但是……」純一先生說。

我覺得好像有一支箭刺中心臟，我忘了呼吸，看著他的眼睛。

「我希望五年後再具體進行。」

「……五年後？」

「對，我至少需要五年的時間，才能處理完目前手上的工作。西班牙的分公司才剛成立不久，我是分公司的總經理，如果我不在，工作就會停擺。我希望這個企劃成功，所以希望可以等到我這個業主有辦法專心處理這件事的時候再開始。」

五年後？等一下……

「雨宮，當你的夢想之家落成時，我兒子也讀大學了。我正在和我太太討論，也許會趁這個機會搬回鎌倉。雖然並不算是半退休，但我打算退出公司第一線。那時我爸七十五歲了，一家四口在悠閒的地方生活或許不錯。」

「一家四口？我也一起嗎？」

「那當然啊。」

「純一……」

等一下……五年後太遲了……我們只剩下七年的生命，當夢想之家完成時，我們就死了，無法讓日菜住進夢想之家，甚至可能無法讓她看到夢想之家完成。而且我不希望無法看到人們住在夢想之家的生活就死去！絕對不要！

「請問不能現在馬上著手進行嗎？五年後就太晚了！太晚了！」

「誠，我非常瞭解你想要早日實現夢想的心情，但是很抱歉，希望你也能夠體諒我兒子的實際情況。」

磐田先生把手放在我的肩膀上，我覺得他的手很沉重。

你瞭解我的心情？怎麼可能瞭解？我們快死了，我們會在夢想之家完成時死去！磐田先生，你根本不可能瞭解！

「純一先生，是不是可以用這種方式進行？」我費力地擠出聲音，「我每個月都會向你報告工程的進度，如果有必要，我會去西班牙向你報告。如果每個月一次還不行，我可以每週都去，所以，可不可以提前開始!?」

我知道自己語無倫次，也知道必須尊重業主的希望。既然純一先生說五年後開始執行，那就是五年後。但是，如果不從現在開始作業，時間就來不及了。

「誠，你還好嗎？你臉色發白。」

磐田先生看到我六神無主的樣子有點不知所措，純一先生也勸我。

「雨宮，不好意思，但我很肯定你設計的夢想之家，這是真的，我相信住在這裡的人，一定能夠藉由這樣的居住環境，在生活中相互扶持，而且你讓我有機會孝順父親。在這一點上，我很感激你，所以我希望能夠在輕鬆的心情下進行這個計畫，你能夠體會我的心情，對嗎？」

我咬緊牙關。我很清楚，純一先生言之有理，是我在無理取鬧，但是我們沒有時間了，必須趕快想辦法。只不過如果堅持己見，不肯罷休，萬一純一先生改變心意……

想到這裡，我再也說不出話了。內心的鬱悶彷彿濁流般吞噬我的心。

最後還是無法讓計畫提前開始進行。純一先生因為還有工作，於是就回東京了。磐田先生直到最後，都很關心我的反應。

「不好意思，計畫要延宕這麼久，但是我聽到兒子這麼說很高興，這讓我對以後的日子更有了活下去的希望。我無論如何都要活到你們的夢想之家，不，在我的夢想之家完成。誠，實在太感謝你了。」

磐田高興地微笑，擠出很多皺紋。自從初世太太去世之後，第一次看到他露出這樣的笑容。看到他的笑容，我應該很高興，但我的心好像被壓垮了。對建築師而言，對身為受磐田先生諸多照顧的人而言，我都該為這句話感到高興，然而，對正在和日菜共享生命的我來說，這番話又是如此無情。

離開磐田家後，我遲遲無法回家。要如何向日菜說明？日菜發自內心期待夢想終於可以實現。

沒想到，現在事情竟然變成這樣……

我沿著一三四號國道來到海邊，無力地癱坐在那裡，然後抓著頭，把額頭抵在沙子上。接下來該怎麼辦？然而，無論如何自問，都想不出答案，只有刺耳的海浪聲不絕於耳。我發出呻吟，緊緊握住乾澀的沙子，然後大叫一聲：「可惡！」抬起頭。太陽正準備從大海彼端沉落，海面上一片彷彿燃燒般的橙色很刺眼。一天即將結束，我們的生命離終點又近了一步。

「你想死嗎？」

耳邊傳來能登的聲音。我轉頭看向右側，發現她站在我身旁，低頭看著我。

「你看一下手錶。」

我看向沾到很多沙子的左手腕，發現餘命只剩下一年。我渾然忘我，沒有聽到手錶的聲音。

「日菜很擔心你，你要振作。」

「但是沒想到竟然是這樣的結果……日菜原本也為我感到高興……沒想到……」

「不要說這種沒出息的話!!」

能登的聲音蓋過海浪聲。

「你的生命並不是只屬於你一個人！你活下去，代表日菜也會活下去！如果你現在死了，日菜一定會步上你的後塵！」

嗄鈴！手錶響起我奪取日菜生命的聲音。

嗄鈴！嗄鈴！生命錶連續發出聲響。

「你知道這是什麼聲音嗎？」

能登的拳頭微微顫抖。

「這是日菜正在難過的聲音，她想到你可能會死，大叫著她很不安，不安得受不了的聲音。你在三年前不是曾經發誓，不會再讓她難過了，要成為守護她的男人嗎？既然這樣……」

能登聲嘶力竭地大喊著。

「既然這樣，無論發生任何事，你都要活下去！不要讓日菜更難過!!」

我想要讓日菜幸福。這是這些年來的想法，我一直、一直這麼想，如今只差一步，只有一步就可以實現夢想，沒想到……

「你已經無法做任何事了嗎？」

「啊？」

「你已經無法為日菜做任何事了嗎？」

我能夠為日菜做的事……

「你就這樣放棄了嗎？如果是這樣，如果只是這麼容易放棄的輕率想法，你根本就無法帶給日菜幸福。」

能登說完這句話就消失了。

我擦著眼淚，無力地站起來。我要向日菜道歉。讓她擔心了，必須趕快和她聯絡。

手機不在口袋裡，可能留在磐田先生家裡。於是我決定去『雨滴』，現在這個時間，她還沒有下班。

我衝上石階，走進店內，卻不見日菜的身影，也不見緣姊和其他客人的身影。

他們都去了哪裡？我轉身正準備走出咖啡店，聽到一個聲音問：「雨宮嗎？」原本坐在露台座位的真壁老師打開玻璃門，走進咖啡店。他看到我，鬆了一口氣。

「雨宮嫂很擔心你，突然流著眼淚大哭，她說看看快死了，大家都被她嚇壞，就和店長一起去找你──」

老師看著我的臉，皺起眉頭問：

「怎麼了？發生什麼事了嗎？」

「老師……我……」我脫口說出內心的痛苦，「我無法帶給日菜幸福。」

「什麼意思？」

「夢想之家要五年後才開始動工，至少要七年後才能夠完成……」

「和你之前說的餘命有關嗎？」

我無力地點點頭，老師好像在吹熄蠟燭般吐出一口氣，然後不滿地說：

「搞什麼嘛，原來是這種事。」

「啊？」

「你為這種事沮喪嗎？太傻了，這根本是小事，即使夢想無法實現又怎麼樣？根本不必在意。」

「這根本是小事……但對我來說是大事！我賭上人生！我是為了實現這個夢想而活！沒想到……沒想到!!」

我咬緊牙關低下頭，老師走到我身旁，把厚實的右手放在我的肩上。

「雨宮，我有沒有對你說過我的夢想？」

我搖搖頭，我不太瞭解老師的過去。

老師從胸前口袋拿出香菸點火，在旁邊的椅子上坐下。

「我的夢想是當手工傢俱師。我從小就很喜歡椅子，坐不同的椅子時，心情會完全不一樣。我甚至覺得傢俱打造出人類的生活，高中畢業後，我毫不猶豫地當了手工傢俱師的學徒，我希望自己做出來的椅子能夠為別人帶來幸福。但人生不如意事十常八九，我的手不夠靈巧，而且因為意外導致手肘受傷，不得不放棄夢想。上天沒讓我有這方面的才華，甚至沒有給我努力的機會，我怨天尤人，痛恨老天爺這個王八蛋。在失去夢想之後，我整天無所事事，也曾經熱衷無聊的賭博，但後來覺得不能一直墮落下去，至少想要從事和人的生活有關的工作，於是就踏入建築這行。」

真壁老師直視著我。

「我的夢想已經不可能實現了，以後也不會實現，但是雨宮……」

他有力的視線讓我內心湧起暖流。

「即使我無法實現夢想，我藉由建造房子，為好幾百個人帶來幸福。」

老師打量著『雨滴』店內。

「我們建築師，不，我們人類並不是為了實現夢想而活，我們活著是為別人帶來幸福。如果你真的只能活七年，那就努力尋找在這七年中力所能及的事，因為你掌握了這樣的機會。」

「……機會？」

「對啊，就是為那些住在你建造的房子內的人帶來幸福的機會。」

磐田先生剛才對我微笑。他對我說，以後可以和兒子一起生活，所以希望可以活得久一點。他高興地這麼對我說，然後露出笑容。那是幸福的笑。

「你也許無法看到那些人『幸福的結局』，但是，你建造的夢想之家一定能夠為別人帶來幸福。你已經擁有了這樣的可能性，既然這樣，就沒有時間消沉，要把你的想法、你想要建造的房子，還有你的心願都全都畫下來，把所有的一切都用實際的方式留下來。你是不是還有可以做的事？所以要全力以赴，無論對工作，對自己心愛的女人都要全力以赴。」

「我這種人有辦法做到嗎？」

「我不知道，但最重要的是勇於挑戰，不是嗎？因為人生——」

老師靦腆地微笑。

「人生就像是為自己和心愛的人帶來幸福的旅程，雨宮，你要努力不懈，找到屬於你的幸福。」

從窗戶灑進來的夕陽照在真壁老師的身後，他對我一笑。他的笑容拯救了我。

我已經無法為日菜做任何事了嗎？不，一定有，一定還有我力所能及的事。我不想放棄，不想放棄我建造的房子能夠為別人帶來幸福這件事，不想放棄為日菜帶來幸福這件事。我還不能輕言放棄，我還有時間，還有可能性。既然這樣，那就努力去做力所能及的事，用盡剩下的所有時間，完成我力所能及的所有事。

「看看！」

我在稻村崎的廣場上發現了他，沿著斜坡上的草皮一口氣衝下去。

「你為什麼都沒有和我聯絡!?你只剩下一年的生命，害我擔心死了！萬一你死了，我該怎麼辦！這麼一想——」

他伸出手臂，然後把我抱在懷裡。我可以聽到他的心跳聲。那是他活著的聲音。他活著。想到這裡，淚水模糊了視野。

「日菜，對不起……」

「發生什麼事了？」

「失敗了，我們的夢想之家要很久之後才能夠完成。」

原來是這樣。他因為這原因深受打擊，失去生命。

「工程最快也得要五年後才能開始，七年後才能完成。夢想完成時，我們的生命差不多結束了。不，也許在完成之前，我們就離開了。對不起，實在很對不起……」

「你不必在意我，我只要能夠和你在一起就足夠了。」

「但我和妳約定……」

看看在發抖，臉頰濕了，而且帶著溫度。是眼淚。他在哭。他抱著我的雙手用力，似乎很懊惱，很痛苦，我的心跟著痛了起來。

「日菜，對不起，妳那麼期待，妳那麼高興，而且一直支持我，沒想到……」

即使不看他的臉，我也知道他淚如雨下，我用力抱住他。

「不，你的這份心意就讓我感到高興……」

他放聲大哭，我跟著哭了。

「看看，你為了我，總是很努力，付出很多、很多努力，每天都工作到很晚，一直很焦慮，一直在和時間賽跑。」

「日菜……」

「光是這樣，我就很高興了，非常非常高興。」

不一會兒，看看鬆開雙手，然後用指尖擦拭著淚水。

「可以像之前一樣嗎？在生命結束的那天前，妳願意和之前一樣，和我一起生活嗎？」

「當然啊！」

我雙手拉著他臉頰上的肉，他看起來有點呆的臉露出微笑。他的悲傷似乎稍微得到療癒。

但是，他內心一定很懊惱，一定為無法看到傾注所有人生的夢想最後的結局就死去，為無法看到住在夢想之家的住戶的笑容就死去，感到懊惱得不得了。他一定很希望看到住戶在他建造的房子中培養幸福的身影，一定很想親眼看到他一直渴望的『人和人之間在生活中更緊密結合的房子』……

我希望他可以親眼目睹，無論如何都希望他可以看到。

這應該是我唯一能夠回報他的方式。

◆

隔天，真壁老師擔心我的狀況，放我半天的假。

離開事務所，我搭上沒有其他乘客的江之電。時間是下午四點半，太陽還高掛在天上。今天天氣晴朗，秋風從敞開的車窗吹進來。清爽的風吹在身上很舒服，雖然初秋的天氣還有點熱，但已經比之前更宜人。

「接下來你有什麼打算？」坐在我身旁的明智問我。

「難得下午休假，乾脆出去玩？」

「我不是這個意思。」

「我在開玩笑。」我笑了起來，「我要做的只有一件事。」

我注視著車窗外的大海，美麗的藍色大海閃耀著溫柔的光芒。

「我要和日菜一起幸福，就只有這件事。」

然後，我面帶笑容看著明智說：

「我打算把剩餘的人生都投入這件事。」

「嗯，這樣很好。」明智微笑著點頭。

「然後要馬上和她結婚，舉辦婚禮，要去蜜月旅行。雖然我無法讓她過富裕的生活，但我們可以像之前一樣，在那棟老房子繼續一起生活，我要在生活中努力讓她幸福。雖然無法和她生孩子，但我會一直、一直陪伴在日菜身旁。我要用我的餘生，緊握她的手。」

「誠，我覺得你們的夢想之家，以後一定可以成為別人無可取代的歸宿，那將成為你活過的證明。」

活過的證明嗎……無法親眼目睹令人難過，我很希望和日菜在夢想之家住很久，但是，即使夢想無法實現，我也一定可以讓日菜幸福。

「我現在要去買戒指，然後向日菜求婚，希望她以後永遠和我在一起……」

我要和日菜一起活下去，以後也要形影不離，永遠都在一起，直到生命結束的那一天。

所以我今天要回去，回去日菜在等待、屬於我們的家，回去凝聚了很多幸福的那棟老房子。我會像平時一樣回去，回到日菜身邊。

看看在逞強。昨天的風波後，他雖然面帶笑容，但會不經意地抿起雙唇。那是他沮喪時的習慣動作。他一定對無法看到夢想實現感到很痛苦，我必須設法解決這件事，要為看看實現夢想……

第一次聽他說起夢想時，我覺得建造可以支持屋主幾十年的房子很棒。我沒有任何夢想，也沒有比別人出色的才華，很羨慕他擁有夢想，覺得他很耀眼。我暗自下定決心，既然看看要建造支持屋主人生的房子，那就由我來支持他。這就是我的使命。

我當然感到害怕，想到接下來要做的事，我幾乎被恐懼吞噬。膽小緊緊揪住我的心，不肯放手。但是，我想到看看。只要想到他，我就可以做任何事，就會產生勇氣，就會變得堅強。我一直希望看看的夢想可以實現，希望可以支持他。他成為我的歸宿，我想要回報他。實現這個想法的日子終於來到了……

傍晚下班後，我騎著腳踏車去江之島。晚霞很美，彷彿快讓大海燃燒起來。如此美麗的夕陽讓人看了幾乎落淚。

我上氣不接下氣地爬上坡道，可以看到海的山崗公園出現在前方。這裡眺望的風景太棒了。我靠在欄杆上，眺望著湘南的景色。那是我成長的地方，是和看看共同生活、我最愛的地方。

我站在比三年前長得更高的青剛櫟樹下。那是我們之前埋時光膠囊的地方。我跪在地上，把時光膠囊挖出來。裝了信的罐子沾到泥土。我用手撥開泥土後，打開蓋子。罐子裡有兩封三年前寫的信，裝在淡淡櫻花色的信封中。

我拿起其中一封信，小心翼翼地緊緊抱著看看用細膩的字體寫了『日菜收』的信。

看看，我覺得自己無法為你做任何事。我不聰明，也不夠機靈，每次都讓你為我加油打氣。你給了我很多，你總是陪伴在孤單的我身旁。我為此感到高興，爸爸和媽媽都離開我之後，我做夢都沒有想到自己可以擁有家人，但是我發自內心地覺得，和你生活在一起，我們就像是真正的家人。

如果可以，我很希望可以成為你真正的家人，可惜無法如願。我必須完成一件事，我想要讓你的夢想實現，讓你想要建造帶給別人幸福的房子這個夢想實現……看了這封信之後，我就可以交出我的生命。這封幸福的信原本應該在我們的夢想實現後才看，但是你的夢想實現時，我無法在你的身邊。這件事會讓我很悲傷、很懊惱，一定可以讓我交出自己的生命。所以……

我緩緩地、小心謹慎地撕開信封。

「住手！」

我聽到能登的聲音，停下手。她站在我面前兩公尺外的地方，瞪大眼睛，臉色蒼白，額頭上滲著汗水。

「我之前就說過，妳不能做傻事！」

我搖搖頭。

「為什麼！妳為什麼不想活下去！即使夢想無法實現又怎麼樣！只要能夠和他在一起，不是就足夠了嗎？」

能登雙眼通紅。

「妳之前不是說，誠是妳的歸宿嗎？妳對他來說，應該一樣，妳也是他的歸宿，是他唯一的歸宿。所以……所以妳不可以死！妳要活著和他一起幸福！」

「能登小姐，我希望看看的夢想可以實現……」

「日菜……」

「我希望看看能夠幸福。」

「不要!!」能登像小孩子一樣甩著頭，「我希望妳活下去!!」

看到能登拚命勸阻的樣子，我忍不住難過，但是，我從信封裡拿出信紙。能登喊著：「住手！」向我撲過來，但是她無法碰觸到信紙，跌倒在地上。我想跑過去，但努力忍住。我克制了自己。然後，低頭看著折起的信紙。我內心感到害怕，我對自己即將死去感到害怕，對無法再見到看看而害怕，對要從這個世界消失而害怕，但我還是鼓起全身的勇氣，打開了信紙。

我的幸福只有一件事。那就是看看得到幸福，他這些年的努力得到回報，他的夢想實現。這就是我唯一的幸福……

這家珠寶店位在片瀨海岸，燈光打在玻璃展示櫃內的許多戒指上。我看著這些得意地閃著光芒的訂婚戒指，為不知道哪一枚戒指適合日菜煩惱不已。

店內的客人都是情侶，我為自己形單影隻感到丟臉。或許該找日菜一起來比較好，萬一我買了她不喜歡的戒指怎麼辦？這麼一想，就遲遲無法決定。要不要找明智討論一下？

我小聲叫著明智的名字，但他沒有出現。太奇怪了，平時只要一叫他，他就會馬上出現。我這麼想著，再次看向展示櫃，然後目光停留在一枚戒指上。

那是一枚鑲了紅棕色寶石的金戒指。

好可愛的戒指。我情不自禁笑了。

「請問這是什麼寶石？」我問店員，店員告訴我，那是名叫『太陽石』的寶石。

太陽石……太適合日菜了。日菜總是像太陽一樣照亮我，為我增添活力。沒有太陽，人就無法生存——雖然這麼說有點矯情，但我遇到了日菜，因為有日菜陪伴在我身旁，我才能夠身為一個男人，身為一名建築師不斷成長，所以對我來說，她就像是太陽一樣。

「請給我這枚戒指。」我對店員說。

走出珠寶店，我低頭看著自己手上拎著的白色小紙袋，情不自禁揚起笑容。不知道日菜看到這枚戒指會露出怎樣的表情，也許她會高興地抱住我，也許會像小孩子一樣放聲大哭，但她一定會笑，顯得無比幸福。

趕快回家吧，然後對日菜說：「請妳嫁給我。」

我邁開步伐，走向車站——

「誠!!」

明智的叫聲好像箭一樣刺在我的後背。聽到他聲嘶力竭的叫聲，我驚訝地轉過頭，發現他臉色大變，站在我身後，他的臉看起來像幽靈。

「發生什麼事？你為什麼這麼慌張？」

「日菜她——」

紙袋掉落在地上。

打開信紙，聞到了淡淡的、看看的味道。我的心揪了一下。我想起和他一起把信埋在這裡的時候。看看臉頰上沾到泥土，好像小孩子一樣。他說要努力實現夢想。我站在滑梯上聽他說明夢想之家。我清晰地回想起當時的幸福。

我想回去，回到那個時候，我想永遠和他在一起。

但是沒關係，這樣就好。

這是為了看看……

我緩緩低頭看著他寫給我的信。

日菜：

既然妳在看這封信，就代表我們的夢想已經實現！

太好了！夢想終於實現了！我超級、超級開心！

不知道妳在哪裡看這封信？

在我們夢想之家的客廳嗎？還是屋前的廣場？

今天有沒有下雨？雨滴可以變成音色的涼亭是怎樣的感覺？

如果妳喜歡，那就太棒了……

日菜，我由衷地感謝妳，

因為有妳，我才能夠努力到今天。

這一切都必須歸功於妳。

妳一次又一次幫助我，

妳無論在任何時候，總是竭盡全力支持脆弱的我，

妳總是相信我絕對沒有問題。

如果沒有妳，我一定無法實現夢想，

不，如果沒有妳，我甚至不可能有夢想，

妳讓我有了生命的目標。

我一直在想一件事，

遇見妳，那一天去『雨滴』，是我人生中所做的最正確的事。

從認識妳的那一天開始，我就一直、一直這麼認為。

淚水模糊了我的雙眼，我看不到前方。

我很高興，高興得不知如何是好，但同時感到悲傷。我無法繼續陪伴在看看身旁，我無法再看到他的笑臉，也無法握他的手，無法讓他摸我的頭，更無法聽他對我說溫柔的話語。我無法再和看看一起活下去，當他的夢想實現時，我無法在他身邊。

但是我很高興，非常、非常高興。

你的心意讓我無比高興，高興得忍不住心痛。

看看，我也是……

我也是因為有你，才會感到幸福。

是你讓我想要繼續活下去，

讓我想要追求幸福。
我和你有相同的想法，
真的真的，遇見你，無疑是我莫大的幸福……

我在奔跑，不停地奔跑，即使氣喘如牛，仍然持續奔跑。
我在內心吶喊。
日菜，為什麼！為什麼不和我商量，就想要把生命交給我！
我邊跑邊看著生命錶，從剛才就不停地發出嗄鈴！嗄鈴！的聲音。我的生命持續增加，日菜的生命不斷減少。
我不要。我不要。我不要。我不要！我絕對不要日菜離開我!!
淚水讓夕陽變得模糊，我看不清前方，不小心絆倒了。
「日菜……」我倒在地上，用拳頭捶著地面。
我不會讓妳死……絕對不會讓妳死！我要救日菜。

我不顧膝蓋疼痛，用力站起來。

我必須趕快去找日菜，沒時間倒在這裡，要趕快去日菜身邊。

我看著生命錶，只剩下兩年的生命了。只要繼續看信，這兩年的生命就會在轉眼之間消失。我還是有點害怕。既然要失去生命，我希望因為看看的文字讓我失去生命，我希望由看看的溫柔奪走我的生命。於是我決定繼續看下去。

不瞞妳說，我有了新的夢想。

就是在完成夢想之家後，下一個夢想。

我找到了新的夢想。

日菜……

我想和妳成為一家人，

我想和妳建立幸福的家庭，

這是我最大的夢想。

我們一定會生下長得很像妳的可愛孩子，

不知道會是女兒，還是兒子，如果可以選擇，我希望是女兒。

啊，妳是不是在想，我可能會成為一個溺愛孩子的爸爸？

的確有可能，我真的可能會成為溺愛孩子的爸爸，但是，我會一直珍惜我的家人，珍惜孩子，珍惜妳，我絕對、絕對會珍惜你們，我保證。

休假的日子，我們一起在屋前的廣場玩耍。

我不太擅長運動，所以妳要一起玩球。

有時候可以鋪野餐墊，在戶外吃午餐，

下雨的日子，就在家裡聽著雨滴的音色，和家人一起度過愉快的時光。

我們要這樣一起生活十年、二十年、三十年，永遠永遠一起生活。

我們全家人要一起生活。

等到以後上了年紀，我變成駝背的老爺爺時，變成可愛老太太的妳陪伴在我身旁，我們要一起牽手走到那一天。

年輕人一定會笑我們老不修。

但是沒關係，對不對？即使被笑也沒有關係，對不對？
我希望能夠永遠牽著妳的手。
希望到死之前，都一直、一直牽妳的手。
妳的手充滿魔力，讓我想要永遠牽著不放。
那是全世界獨一無二、無可取代，我重要的歸宿。
這就是我的新夢想。
妳願意和我一起實現我的新夢想嗎？

日菜，請妳嫁給我。

如果妳答應，希望妳對身旁的我露出笑容。
未來的我一定會感到超級、超級、超級幸福。
希望可以讓我永遠陪伴在妳身旁。

雨宮　誠

「日菜！」

當我抵達片瀨山的公園時，日菜正在青剛櫟的樹下看信，她流下好幾滴淚水，她的臉在夕陽映照下，閃著橙色的光芒。

日菜看著我笑了，滿面笑容。

她一定在回應我信上寫的內容。

她想要和我一起走下去。

她用笑容表示「我願意」。

「妳為什麼要做這種事……為什麼!!」

「看看，謝謝你。」

日菜哭了，她流了很多淚。

「對不起，我無法為你實現新的夢想，對不起。」

「日菜……」

「不過我很高興……我超高興……」

涙水不停地從她的臉頰滑落。

「但還是很難過，無法和你一起活下去很難過……」

就在這時，我們的手錶同時發出『嗶——！』的聲音。

我一看手錶的螢幕，發現我得到所有的生命。

日菜的生命已經歸零了。

我在老房子門口，無法走進屋內，獨自癱坐在車庫的地上。我發出無聲的吶喊，把放在旁邊的安全帽丟向牆壁，然後泣不成聲地呼喚兩名嚮導。

「有沒有可以救日菜的方法？我不要日菜死，我不要。不要，我不要！絕對不要！」

明智懊惱地咬緊牙關。

「日菜的餘命歸零了，所以她只能活一天。」

我想要抱住明智的腿，但因為無法碰觸他們的身體，雙手什麼都沒抓到。

我心有不甘地趴在地上，握緊拳頭。

「求求你們，我願意做任何事，我可以做任何事……所以……所以……」

淚水和鼻涕滴落在水泥地上，我放聲大哭。

「請你們救救日菜!!」

能登叫著我的名字。我抬起頭，看到她嘴唇顫抖。

「日菜會死，已經無法救她了，這是日菜選擇的未來。」

「日菜選擇的未來？我無法接受她把生命都給我、自己去死的未來！沒有日菜的人生根本沒有意義！」

「希望你能夠瞭解，日菜希望實現你的夢想，希望你可以親眼看到，有人住在你建造的房子內，過著幸福生活的樣子，她滿心只希望你幸福。」

「幸福……這根本不是幸福，完全不是幸福，我只是、只是想和她，想和日菜在一起，但是……」

「開什麼玩笑！」

能登的怒斥聲響徹整個車庫。

「日菜她、她用自己的生命讓你得到幸福！但是……但是，你不要踐踏她的心意！對日菜來說，你是比她的生命更重要的人！」

我比她的生命更重要！日菜竟然要為我而死……我無法忍受這種事。

「日菜……她接下來會怎麼樣？」

「我剛才說了，在她失去所有的生命之後，只能夠活一天，所以，日菜會在明天傍晚六點死去。」

我趴在地上，抱住自己的頭。

「都是我的錯，都是我的錯，日菜才會……因為我說要很久以後才能完成我們的夢想之家。不對，因為我說想要為她蓋房子。不對！是因為那天發生車禍！」

不是這樣……不是這樣。

「是因為我遇到日菜，如果她沒有和我在一起，就不會遇到這種事——」

我還說什麼遇到妳，是我人生中所做的最正確的事，結果我奪走妳的生命，帶給妳很多悲傷，傷害了妳，我造成了妳的不幸。

「看看？」

日菜從玄關的玻璃門探出頭，看到我正在哭，皺起眉頭，但隨即堅強地走過來，跪在我面前，笑著撫摸我的頭。

「不要哭……」

她的聲音、她的笑容，她手心的溫度都如此溫柔，我又忍不住哭了起來。

「日菜，對不起……因為我，才會變成這樣……」

日菜笑著搖搖頭。

「如果妳沒有和我在一起，就不會發生這種事了……如果妳不遇到我，妳就……都是我的錯……全都怪我……」

「才沒有這種事。」

「但是——」

「沒有這種事！」

日菜也哭了。

「我從來沒有想過，早知道就不要遇到你。我怎麼可能有這種想法？求求你，不要再說這種話……」

日菜的小手為我擦拭眼淚，但淚水再度流下，無法克制地流下。

「日菜，對不起。」我握緊日菜的手，「我無法為妳做任何事，對不起……」

「好奇怪，你從剛才就一直道歉，而且你已經為我做了很多。」

日菜回握著我的手，她的手很溫暖。

「你給了我一切，已經給我生命中所有、所有的幸福。」

「沒有，我無法為妳做任何事。一直以來，都是妳支持我，妳協助我，我無法為妳做任何事。」

「那你現在要為我做一件事嗎？」

「啊？」

「我啊——」日菜笑了，她的笑容像太陽。「我想和你結婚。」

「日菜……」

「只要一天就好，我希望在最後，能夠和你成為一家人。」

我真的無法為日菜做任何事了嗎？

她把所有的生命都給了我，我真的無法為她做任何事嗎？

看看和真壁老師聯絡後，終於能夠在明天早晨，短時間借用稻村崎的教堂。我希望能夠在他第一次負責完成的那座教堂舉行婚禮，為了成為一日夫妻所舉行的婚禮。

那天早晨，去教堂之前，我先去一趟『雨滴』，想要向緣姊和咖啡店告別。

緣姊果然還沒有來，她昨晚應該又和老主顧一起去喝酒了。

我正在這麼想，聽到牛鈴發出噹啷噹啷的聲音，緣姊走進來。

「妳今天真早啊。」

「我隱約覺得今天早一點來比較好。」緣姊笑了。

也許她接收到我的心意。

「日菜，可以幫我泡一杯每次給我喝的那個嗎？」

緣姊的薄荷茶。這是最後一杯了。

我克制住淚水，微笑著說：「好啊。」

我像往常一樣走去露台摘薄荷葉。今天要告別這家店，要告別這些香草植物。這麼一想，就依依不捨地停下手。高中畢業後，我在這家咖啡店工作了將近八年。我讀小學的時候媽媽離家，讀高中時爸爸死了，我孤苦無依，緣姊收留了我。雖然她這個店長不太可靠，但總是很疼愛我，在我煩惱的時候，總是指點我，還送浴衣給我，為我調了魔法梅酒，讓我振作起來。我今天必須向緣姊告別。想到這裡，就覺得身體好像被撕裂。

我帶著至今為止的感謝，全心全意地為緣姊泡了一杯薄荷茶。

緣姊喝了一口，閉上眼睛說：「太棒了，我的肝臟在歡呼。」

「妳稱讚我，當然很高興，但是……」

「但是什麼？啊，妳又要說教？妳是不是想說，要我有身為店長的自覺性？」

「不是。」

「啊？不是嗎？」

「今天是我最後一次來這裡。」

緣姊眨著眼睛，我鼓起勇氣告訴她：

「我今天就要死了。」

「又來了，又來了，這個玩笑是怎麼回事？一點都不好笑。」

「我是說真的。」

如果肚子不用力，就無法維持臉上的笑容。

「所以等一下我要和看看舉辦婚禮，留下最後的回憶。」

緣姊可能相信了我說的話，收起笑容。

「緣姊——」我的淚水潰堤，「謝謝妳一直以來的照顧……」

「妳別鬧了，我不相信。」

對啊，妳不可能相信，但我無論如何都要表達我的想法。

「能夠和妳一起工作，我真的很幸福。」

「日菜……」

「我感受到滿滿的、滿滿的幸福……」

我很幸福。有看看，有緣姊，還有阿研、磐田先生、初世太太，有許許多多人陪伴在我的身邊。雖然我為自己沒有家人感到孤獨，但在不知不覺中，我在生活中得到這麼多人的愛。

我真是太傻了，竟然直到現在才發現這麼重要的事。

至今為止的人生中，我一直希望能夠和別人建立人際關係，我在這裡，在『雨滴』，已經得到了無可取代的人際關係，這個地方對我來說，是很重要、很重要的寶物。

如果繼續留在這裡，我會放聲大哭，所以鞠了一躬，就準備衝出店外。

「等一下！」

我轉過頭，看到緣姊用指尖拭著眼角的淚水，笑著問我：

「等一下就要舉辦婚禮嗎？那我也幫點忙。」

來到稻村崎海邊的教堂時，看看在門口等我。

「對不起，早知道應該為妳準備婚紗。」

「不，你一定沒想到——」

「讓你們久等了。」身後傳來緣姊的聲音。

緣姊雙手抱著很大的行李走過來。那是一件純白色的婚紗，就是她之前告訴我，自己不知道在什麼時候買的婚紗。那是一件從上半身到裙襬漸漸向外散開的A字形婚紗。

我決定在集會室換衣服。幾乎已經完成的教堂瀰漫著嶄新的木頭香氣，用力呼吸，心情漸漸平靜下來。

緣姊為我穿上婚紗。我們的身材相同，尺寸剛剛好。

她在為我化妝時說：

「我之前不是曾經告訴妳嗎？這件婚紗不知道什麼時候出現在我的衣櫃。」

這件婚紗一定是緣姊在和明智結婚時穿的，可是她忘記這件事，忘記了曾經和明智是夫妻這件事。

「我覺得心裡毛毛的，好幾次都想丟掉，但每次都捨不得。今天我終於想到，也許——」

緣姊對著鏡子中的我露出笑容。

「我把婚紗保留到今天，也許就是為了交給妳。」

緣姊微笑著，眼中泛著淚光。

「能夠為妳的幸福助一臂之力，我實在太高興了。」

明智說得沒錯，緣姊的笑容就像牽牛花。雖然並不華麗，但寧靜而美麗，就像溫柔的牽牛花。

「緣姊，謝謝妳……」

「啊喲啊喲，妳一哭的話，會毀了好不容易化好的妝。」

「妳也在哭啊。」

緣姊吸著鼻子，用手背擦拭著臉頰上的淚水。她手上的祖母綠戒指閃著光。

「嘿嘿嘿，我們兩個人都很奇怪。」

「對啊。」

然後，她把手放在我的肩膀上。

「日菜，妳很美。」

我太高興了……穿上純白的婚紗是我的夢想。成為看看的新娘，和看看成為一家人，是我最大的夢想。

這個心願今天終於實現了。雖然只有短暫的一天。

◆

我低頭看著手上的燕尾服。那是緣姊向朋友借來的，但我獨自佇立在走廊上，無法換上這套衣服。現在根本沒有心情舉辦婚禮。日菜快死了。想到這件事，我就快瘋了。

我心煩意亂地抬起頭，發現明智站在不遠處的走廊角落。他顯得很煩惱。怎麼了？

沉默片刻後，他靜靜地抬起頭對我說：

「你之前說的話是真的嗎？為了救日菜，你真的願意做任何事嗎？」

我大吃一驚，燕尾服掉在地上。

「有辦法可以救日菜嗎!?」

我從他的表情中得知，有方法可以救日菜，有可以讓日菜免於一死的方法。

「請你告訴我！」我跑過去。

走廊上陷入凝重的沉默。明智的呼吸帶著緊張。

然後，他終於下定決心開口。

「那就是你放棄這個奇蹟。」

「放棄、奇蹟？」

「日菜的生命已經見底，但是，在日菜死去之前，你們的奇蹟仍然在持續，所以，只要你在晚上六點之前放棄奇蹟，就可以救她。」

「但是，這不是——」

「沒錯，你的所有生命都將屬於她，你代替她去死。」

我感到眼前發黑。我只能用自己的生命拯救日菜嗎？

「不僅如此，放棄奇蹟的人還會受到懲罰。」

我倒吸一口氣問：「什麼懲罰？」

「你曾經出現在這個世界的一切都會消失。」

我會從這個世界消失？這是怎麼回事？

「你會從人們的記憶中消失，你所做的事、製作的東西、戶籍、你整個人都會消失，好像從來不曾存在過。日菜當然也會忘記你。」

「那我的設計呢!?我們的夢想之家呢!?那些設計圖呢!?那些不能留下來嗎!?」

「很遺憾，一旦你消失了，那些東西也會跟著消失。」

沒想到為了救日菜，我將失去一切。我會從日菜的記憶中消失，我們的夢想也會消失。怎麼會有這種事？我曾經活過的證明竟然全都消失……

「如果你有這樣的決心，就可以放棄奇蹟，但是，我必須告訴你一件事。」

明智走到我面前，他的雙眼濕潤。

「這個世界上，沒有比從心愛的人心裡消失更痛苦的事了。」

我不希望日菜忘記我。我不要日菜忘記我們共同生活的日子、我們的回憶、她喜歡我的心意，我不要她忘記這一切。我不願意。絕對不願意。

那該怎麼辦？我跪在地上。我感到害怕。我害怕死，我害怕自己從這個世界消失，害怕日菜忘記我。我害怕得渾身發抖，簡直難以置信。

我很軟弱。我怎麼會這麼軟弱？日菜已經打算為我放棄一切了。

我卻——

我抓著頭，垂頭喪氣，看到地上有一個信封。那是日菜寫給我的信，原本放在口袋裡，不知道什麼時候掉出來。就是那一天，裝在時光膠囊裡的信。我跪在地上，拿起信。我聞到了淡淡的、屬於日菜的味道，視野頓時模糊。

一直默默支持我的她浮現在我的淚眼中。

我從信封中抽出信紙。

未來的看看：

你終於拆開了這封信！這意味著我們的夢想實現了！

好高興！太棒了！恭喜你！看看，你太厲害了！

看吧看吧，我早就說過。

雖然你這個人很消極負面，只要有積極正向的我陪在你身旁，就絕對沒問題。

我真是太有眼光了。（笑）

但是，怎麼辦？接下來還要再寫什麼呢？

我有很多話想要寫，只是理不出頭緒。

啊，那我就把我平時的想法寫下來，

我要寫真心話，所以你要做好心理準備。

看看，你聽我說……

謝謝你喜歡我，

謝謝你總是陪伴在我身旁。

謝謝你總是大口吃我煮的飯，
謝謝你即使忙著參加競圖，仍然陪我說話，
謝謝你在生日的時候，送我漂亮的紅色雨傘。
萬分、萬分、萬分感謝……
我現在超幸福，
超級、超級幸福，
幸福得不得了。
我很想向全世界炫耀這份幸福。
我要告訴全世界所有的人，我引以為傲的男朋友，讓我這麼幸福。
你個性害羞，一定不喜歡我這麼做。
但是我一直這麼想，
一直、一直都這麼想。
你給我的幸福，是我最珍貴的寶物。
所以看看，謝謝你。
從今以後，我們也要在我們的夢想之家，永遠過著幸福快樂的生活。

帶著滿滿的感謝和所有的愛……

二十三歲的日菜

我希望帶給日菜幸福，這是我一直以來的想法。

那是我該做的事，我對此深信不疑，一直活到今天。

日菜豐富了我的生命。我容易陷入沮喪，她總是安慰、鼓勵我，即使我傷害了她，她仍然喜歡我，而且努力避免自己太幸福。

但是……

一定還有其他我可以為日菜做的事。

我一定仍然可以帶給她幸福。

我擦拭著眼淚，然後看著明智的雙眼。

「我無法實現日菜的夢想，但是我在想，即使我無法為她實現夢想，我仍然……我仍然希望可以帶給她幸福。我無論如何都希望能夠活到十年後的日菜幸福……」

日菜，這是我唯一能夠為妳做的事。所以——

「我要放棄這個奇蹟。」

「真的要放棄嗎？」

「……對，因為我——」

我想起日菜的笑容。

想起她的笑容，有時候淚水忍不住在眼眶中打轉。

當我打開玄關的門進屋時，她總是帶著可愛的笑容來迎接我。在說「你回來了」時，聲音中微微帶著鼻音。抱著她時，可以感受到她的體溫，和苗條的身體。每次和她開玩笑，她都會生氣。她做的菜口味也有點重。

此時此刻，我發自內心覺得，所有這一切都是無可取代的幸福。

正因如此，我希望可以帶給日菜幸福。

因為她讓我這麼幸福。

日菜讓我幸福得忍不住落淚，我希望帶給她幸福。

這個心願讓我變得堅強。

只要想到她，我就可以堅強。

「我希望日菜明天、後天和十年後，一直、一直都可以歡笑。即使我不在她的身旁，只要她能夠在許多人的陪伴下，幸福地生活……只要這樣，我就覺得非常、非常幸福……」

所以，日菜，對不起。

對不起，我無法和妳一起活下去。

對不起，我無法和妳一起幸福。

實在對不起……

但至少今天讓我陪伴在妳身旁。

即使到了明天，我就無法留在妳的記憶中——

婚禮的準備就緒，我在緣姊的目送下，走出休息室。我走在長長的走廊上，聽到能登的聲音。她站在走廊盡頭的禮拜堂門前。

能登看到我身穿婚紗，表情有點複雜。她一定無法接受我選擇的路。

「我之前就曾經告訴妳，生命要用在自己身上，用在別人身上真是太愚蠢了。妳真的是一個笨女人。」

「妳怎麼還在說這種話？婆婆真討厭啊。」我半開玩笑回答。

「人類無法共享生命，因為人類是利己自私，最愛自己的脆弱動物，但是日菜——」

能登忍著眼淚，對我微笑。

「即使無法共享生命活下去，但或許能夠祈求心愛的人得到幸福，我從來沒想過為別人而活這件事這麼美好，又這麼痛苦。」

「能登小姐……」

「遇見妳之後，我終於瞭解幸福是什麼了。幸福就是把對心愛的人的思念變成雨水培育的花，是妳讓我瞭解到這件事。」

「雖然能登小姐整天都罵我，但給了我更多的親切關懷。雖然妳的外表看起來比我年輕，卻有點大嬸，而且很毒舌，我經常覺得妳很囉嗦……但我很高興認識能登小姐，我很幸福。」

能登小姐伸出手，想要擦拭我臉頰上的淚水，但她無法碰觸到我，她的手穿過了我的臉。能登的雙眼都是淚水。

「如果我的手能夠為妳拭去眼淚，我或許能夠更用力安慰妳，可以更用力安慰為奪走那傢伙太多生命感到痛苦的妳，安慰為自己感到幸福而煩惱的妳，可是……」

一行淚水從能登的眼中滑落。那是她為我流下的眼淚。

「日菜，真對不起……」

「不，聽妳這麼說，我就很高興，妳為我流淚，我就很高興了。」

「我越來越不中用了。」能登尷尬地笑了起來，用喪服的袖子擦拭著眼淚，然後用力嘆了一口氣，露出滿面笑容。

「日菜，妳就笑吧。只有今天，妳無論怎麼笑都沒關係，無論再怎麼喜悅，再怎麼高興，都不會奪走他的生命，妳今天要非常幸福才行。」

是啊，只有今天可以回到以前的日子，可以發自內心覺得和看看在一起就是幸福。只有今天可以毫無顧忌地感受這三年來，一直在內心克制的喜悅心情。

我也笑了。那是由衷的笑容。「就該這樣。」能登點著頭說。

禮拜堂的門打開。

太陽和閃耀的海面，讓禮拜堂充滿柔和的光。

祭壇就在窗前，朝陽照在木頭十字架上。

身穿燕尾服的看看站在十字架下。

他看到我後，露齒一笑，然後伸出手迎接我，要我走去他身旁。我握著他的手，一起走上祭壇。雖然平時經常牽他的手，但今天感到格外新鮮。原來他的手這麼溫柔。

身穿燕尾服的看看難得這麼帥氣，當我稱讚他時，他害羞地笑了，然後對我說：「日菜，妳很漂亮。」我聽了很高興，也很害羞，低頭輕笑。

「你知道誓詞的內容嗎？」

「我剛才查了。」看看得意地挺起胸膛說，「新娘相澤日菜，妳願意發誓，無論新郎雨宮誠生病還是健康，妳都能夠帶著愛，一輩子和他相互扶持嗎？」

「一輩子……這我無法承諾。」

雖然很難過，但我笑了起來。我已經決定，今天要盡情地笑。

「但是，我相澤日菜發誓，今大這一天，雖然只有一天，但我會用一輩子的愛陪伴在你身邊。」

淚水在看看的眼眶中打轉，在窗戶照進來的陽光下閃著亮光。

「看看，你也願意發誓嗎？」

「嗯，我發誓，今天這一天，我想要陪伴在妳身旁……」

說完，他牽起我的左手，慢慢舉到胸前。然後——

戒指。那是一枚鑲了紅棕色可愛寶石的戒指。看看為今天而準備的戒指。

我一看到那枚戒指，克制已久的淚水一下子流下。我很高興，太高興了。我一直渴望可以和看看成為家人；希望和他結婚，得到幸福；我一直嚮往有一個安穩圓滿的家庭。

這個夢想實現了一小部分。

「日菜，妳願意嫁給我嗎？」

「願意！」

看看把戒指戴在我左手的無名指上。

「啊，戒指太鬆了。」

「咦？我以為剛剛好。」

「上次那把雨傘也一樣，還會漏雨。你還是老樣子，在最後關頭太大意了。」

我戳戳看看的肩膀，他有點沮喪，我笑著說：「開玩笑啦。」然後看著戒指，漂亮的寶石就像是透明的水中凝聚著陽光。

「好高興……」

我用右手輕捂戒指，抬頭望著看看。

「我超級、超級高興。」

看看用力點頭。

他看到我高興，跟著感到高興。此時此刻，我們分享著相同的喜悅。這件事讓我很高興，超級、超級高興。

「現在是我這輩子最幸福的一刻。」

「日菜，妳太誇張了。」

「我是認真的，我真的、真的很幸福。看看，謝謝你。」

「不客氣。」

接著，我們交換了誓言之吻。

和看看的吻是幸福的證明。我們至今為止，接吻過數次、數十次、數百次，每次都令我感到幸福，但這一刻的吻，比以前任何一次更讓我感到幸福。因為這是我和看看成為一家人的吻，是夢想實現的瞬間。

婚禮結束後，日菜說想要回家，她說希望在那棟老房子度過最後的時光。

我沒有告訴她，我放棄了奇蹟，沒有告訴她，她很快就會把我遺忘。一旦告訴她，她一定會哭。我不想看到她難過，至少在今天，在最後的日子中，我想要帶給她滿滿的幸福。

我們回到家後，像平時一樣打發時間。日菜煮了我愛吃的雞肉蕃茄奶油燉菜，雖然時間有點晚，但我們面對面坐在餐桌前一起吃午餐。

「好像回到了那一天。」日菜用湯匙舀著奶油燉菜，呵呵笑了。她的臉上有一個酒窩，看起來很幸福。

「哪一天？」

「就是很久以前，你一個勁聊建築的事，完全沒有吃我煮的奶油燉菜。」

「喔，妳是說那個時候。早知道這麼好吃，我應該多吃點。」

「你現在才發現嗎？」

「嗯，我現在才發現。」

我們相視而笑。

我看著她的笑容，再次發現自己很喜歡她的笑容，她的笑容帶給我很多幸福。在我痛苦的時候，在我沮喪的時候，她燦爛的笑容拯救我無數次。我和家人的緣分很淺，我在她身上尋找到家庭的安樂。

吃完午餐，她說要吃刨冰。她把冷凍庫內所有的冰塊都放進我之前送她的刨冰機內，然後拚命轉動把手。但因為冰塊不夠，所以我只分到少許刨冰。

「只有這麼一點？」我向她抱怨，日菜把淋了哈密瓜糖漿的刨冰藏在身後說：

「我不要分你。」

看著她的樣子，我發現一件重要的事。那是一件很重要的事。

我覺得好像知道了自己的寶物是什麼。

原來是這樣，我原來一直都很幸福……

眼前平淡的景象讓我感到又愛又憐。無聊的對話、相互打鬧、口角爭執，還有之後的和好，和妳在一起的每一件事，都是我無可取代的寶物。我此刻終於瞭解了這件事。

但是，這種無可取代的時間即將結束，我們共同度過的日子和回憶都將消失。這麼一想，淚水湧出，送進嘴裡的刨冰無法下嚥。

傍晚時，我們把兩張相同的椅子放在窗前，一起坐在椅子上。那是日菜送給我的心愛椅子，也是我送給日菜的椅子。

太陽即將前往明天，前往我無法迎接的明天。

今天即將結束。

我們共度的時光，我們的戀愛即將結束。

日菜輕輕握著我的手，是像平時一樣的貝殼牽法。

「我一直在想，」日菜說著，充滿憐愛地注視著我們牽著的手。「你的手，就是我貝殼的另一半。」

嗯，我也這麼想。

我一直在尋找。

我在全世界的女人中，尋找獨一無二、日菜的這雙手。

我一直、一直在尋找。

「看看，你以後要尋找新的另一半。等我離開之後，你要談新的戀愛，然後和某個人結婚，建立快樂的家庭。不要整天想著建築的事，忘了照顧家人。要好好吃別人煮的飯，生日的時候不能假裝忘記，讓對方擔心。你在工作上也要努力，要在工作上大顯身手，建造很多可以為很多人帶來幸福的房子。而且……」

日菜哽咽起來。

「……你要幸福。你要比任何人更幸福，要成為世界上最幸福的人。」

日菜流著淚笑了。

「只要你幸福，我就會很高興。」

夕陽映照著她的笑容，她的淚珠像寶石般發光。

我潸然淚下，然後在內心深處悄悄地想。

我也是……

只要妳幸福，我就會很高興。

希望妳比任何人更幸福。

我會在遠方為妳的幸福祈禱。

以後也會繼續為妳祈禱，永遠為妳祈禱。

我會永永遠遠為妳祈禱。

「看看，你要幸福。」

日菜，妳要幸福……

希望有朝一日，妳能夠建立妳渴望的家庭。

「啊，你可以為你女兒取名叫日菜。」

說完，她又呵呵笑著說，她在開玩笑。

「你可以答應我一件事嗎？」

她用力握著我的手。

「不要忘記我……」

淚水再度從臉頰滑落。她流著淚的微笑很美，我覺得是這個世界上最可愛的人。

「你不要忘了我，偶爾想起我，只要偶爾想起曾經有一個這樣的女孩子就好。拜託你……不要忘記我……」

「我不會忘記妳。」

「真的嗎？」

「我不會忘記，絕對不會忘記妳……」

「千真萬確？」

「對，我不會忘記。」

「太好了，那就一言為定。」

日菜說完，嫣然一笑。

「我也不會忘記你，絕對絕對不忘記你。」

日菜，妳明天就會忘記我……

妳會忘記我的名字、我的長相，忘記現在和我說的這些話，妳會忘記所有的一切。

即使這樣，我還是不會忘記妳，至少我不會忘記妳。

我會永遠為妳的幸福祈禱。

我會永永遠遠祈禱，在沒有我的這個世界，妳比任何人，妳比全世界任何人更加幸福。

日菜再度用力握緊我的手，流著眼淚微笑著。

「看看，我好愛你。」

「日菜，我也很愛妳。」

我這雙手無法實現我們的夢想，但我覺得，即使無法實現夢想，我這雙手仍然有意義。

我的這雙手，就是為了像這樣握住妳的手而存在。

我來到這個世界，是為了和妳相遇，是為了把妳送向明天。

在這一刻，我可以這麼想，對不對？日菜……

日菜累了，在沙發上睡著。

「小心會感冒。」我搖著她，但她沒有醒來。她只要睡著，就會一覺到天亮。這是她的特徵。

真是拿妳沒辦法。我拿了毛巾被蓋在她身上，以免她著涼。她的口水流下，我用小毛巾為她擦擦嘴角，然後撫摸著她的頭。日菜的頭髮很清爽，摸起來很舒服，我總是忍不住摸很久。我還想繼續摸下去，還想繼續觸摸她的身體。但是時間到了，時鐘已經指向五點多了。

我回到書房，呼喚明智。

「準備好了嗎？」

「準備好了，但我想拜託你一件事。明天早上之前，可以讓我繼續留在這個世界，繼續留在她的記憶中嗎？」

明智直視著我。

他似乎瞭解我接下來想做的事。

「好，我明白了。」

「謝謝，等明天太陽升起時，讓我在那個山崗上的公園下一場雨。」

「你真的決定這麼做嗎？」

「謝謝，這是我能夠為日菜做的最後一件事。」

明智深深點頭。

「你之前曾經說，人類是整天在後悔的動物。我認為這句話很有道理，我現在就很後悔，很後悔之前沒有好好活著，後悔沒有把玩樂的時間用在實現夢想上，後悔沒有更努力，後悔沒有更加好好珍惜日菜，早知道應該多帶她出去玩，帶她去旅行，買她想要的東西送她，對她說一些甜言蜜語，早知道應該更早和她結婚。我有著滿滿的後悔，但是——」

我用指尖把淚水推回眼睛深處。

「但是，正因為後悔，才會覺得人生這麼可愛……」

我打量著書房內的書桌，上面雜亂地堆放著資料和建築書籍，筆電打開著，還有只剩下很短的鉛筆。我曾經活過的證明都在這裡，我們夢想之家的設計圖都在這裡。

到了明天，我們的夢想就會消失，但這是無可奈何的事。比起實現我的夢想，我選擇了日菜的幸福。我對自己不會在這件事上後悔很有自信，人生在世不是為了實現夢想，而是為了讓別人，讓自己心愛的人得到幸福。

不知道我有沒有為日菜帶來一點幸福……

我拿起那把紅色雨傘。這是我要做的最後一件事。

我站在書房和客廳之間的門檻上，靠在柱子上，看著在沙發上睡著的日菜。她發出均勻的鼻息，不知道有沒有夢見我。如果她夢見我，那就太令人高興了。我之前都不知道，能夠活在心愛的人的心中、記憶中，是這麼幸福、這麼快樂的事，是幸福得讓人喜極而泣的事。

日菜教會我幸福的意義。

對我而言，幸福就是和日菜共同生活的平淡時光。

日菜，謝謝妳。

謝謝妳給了我那麼多寶物……

我聽到鬧鐘的聲音。窗外的天色泛著魚肚白。天快亮了，新的一天即將開始。我的意識漸漸清醒，從沙發上坐起來。

「為什麼……」

茶几上的數位鬧鐘發出尖銳的聲音，內心深處湧起了困惑。

這個鬧鐘為什麼會在這裡？我為什麼沒有死？為什麼還活著？

我叫著看看的名字，但他不在。到處都不見他的身影。我從沙發上跳起來，在家裡四處尋找。

「看看？」

我找遍書房、浴室、臥室，但他都不在。

回到客廳時，看到他留在餐桌上的紙條。

『天亮的時候，來山崗上的公園。　誠』

就在這個剎那，我瞭解了一切。我明白了自己還活著的理由，和看看不在的理由。

我穿上球鞋，用力打開玻璃門，跳上腳踏車，用盡全力踩著踏板。穿越平交道，來到國道。天空是一片群青色，太陽正準備從大海的遠方升起。我沿著長長的國道騎向江之島的方向。我拚命踩著腳踏車，腿上的肌肉都快抽筋了。視野變得模糊，淚水不停地流，但我仍然沒有停下，站了起來，繼續踩著腳踏車。

看看做出了和明智相同的決定，他放棄奇蹟，讓我可以繼續活下去。最好的證明，就是我手腕上的生命錶不見了。奇蹟已經結束。所以，看看已經……一旦放棄奇蹟，他就會從這個世界消失，會從所有人的內心消失，就好像從來不曾存在過。這意味著我會忘記他。

不要！我不要！絕對不要！不要！不要！不要！不要！

「我不想忘記你！我不要忘記你！我絕對不會忘記你!!」

我邊哭邊騎著腳踏車。趕快。我要趕快去那個山崗。看看或許還在那裡，我還沒有忘記他，應該還來得及。我必須趕快！

在通往公園的上坡道中途，腳踏車輾到石頭，我整個人跌倒了。我跌倒在柏油路面上時，膝蓋磨破了。我想要站起來，膝蓋顫抖，無法用力。我滿身大汗，氣喘吁吁，痛苦不已，但我還是站起身。如果要我忘記看看，那即使死了也沒關係。

我丟下腳踏車，衝上坡道。

——如果我說，這場雨是我下的，妳會笑嗎？如果我說，這是為了思念妳而下的『愛之淚』。

我不要忘記這句話。

——日菜，在妳生日結束之前，要不要出門散步？

我不想忘記在我生日時，你親手為我製作紅色的傘，我們一起在雨中散步，以及雨傘漏雨，我們慌忙跑回家的事，我全都不想忘記。不想忘記為了參加競圖，我們在深夜跑去郵局；不想忘記你買了刨冰機給我；不想忘記你稱讚我煮的菜；不想忘記你摸我的頭、緊緊抱著我，不想忘記你的溫度，和你對我說的話。我全都不想忘記，全都想要牢記在心。

——我會比現在更堅強，我會堅強，讓妳得到幸福。

我不想忘記看看想要讓我幸福的心意，我絕對不想忘記他努力變堅強，努力實現我的夢想。

至今為止，從來沒有人說過願意為我而活，只有你一個人。看看，只有你而已。這句話讓我欣喜若狂，讓我幸福無比，是你讓我瞭解生命的意義，所以我永遠、永遠不要忘記你，以後也想要記得這一切。

所以，求求你，看看，請你不要離開……

「看看!!」

我在日出前一刻抵達片瀨山公園。

「看看！看看!!」

我一次又一次呼喚他的名字，哭著叫喊著他的名字。

但是，看看不在，到處都找不到他。

「為什麼……為什麼!!」

我站在公園的正中央，欄杆外的大海和天空都染成橘色，群青色漸漸被陽光吞噬，太陽即將現身，大海像燃燒般閃閃發亮。早晨即將來臨，約定的時間到來。

我用右手握住戴在左手無名指上的戒指，然後祈禱著不要忘記看看。我一次又一次在內心呼喚他的名字，回想著他的面容。

看看，我不會忘記你，我不會忘記你！

滴答……滴答……

天空飄下了雨滴。

天氣如此晴朗，陽光如此燦爛，為什麼下起雨？

我知道了，這一定是——

「是看看……」

這一定是他在天堂下的雨。

——今天也有人在某個地方思念心愛的人。

這場雨是看看思念我而下的『愛的淚水』。

我哭了，像小孩子般放聲大哭。

雨越下越大，彷彿在掩飾我的淚水。

看看在叫我：「不要哭。」

即使在雨中，順著臉頰滑落的淚水仍然溫暖，這件事再度令我痛苦。

看看已經離開。

他為了讓我活下去而離開。

所以我不能忘記他。

我不想忘記他。

我不想忘記看看……

就在這時，一把紅色雨傘在我頭上打開。

那是他親手製作後送給我的雨傘。

看看!? 我轉過頭，看到阿研站在那裡。

「妳在這裡幹嘛？」

「……阿研，你怎麼會在這裡？」

「昨天他叫我在日出之前來這裡，把這把紅色的雨傘交給妳。」

我抬頭看著那把傘，雨傘不再漏雨了。看看遵守約定。他之前說，要修好之後再送給我，他遵守了這個約定。

我抓住阿研的雙臂。

「就這樣而已嗎⁉還有沒有說什麼⁉你告訴我！拜託你！趕快回想‼是不是看看⁉看看對你說了什麼⁉」

「妳不要激動！我不記得了。」

「你不記得了……」

「我有點睡迷糊，記不太清楚。看看是誰？」

「啊……」

「妳在這裡幹嘛？渾身都淋得濕透了。」

「我——」

耀眼的光芒讓我忍不住瞇起眼睛。太陽升起了。

大海、天空、街道和這個公園都籠罩在一片金黃色的光芒中。

新的早晨開始。

無名指上的戒指被雨淋濕，滑了下來，掉落在水窪中。

漣漪在四周擴散，宛如淚水滴落在水面。

咦……

我打量四周。

我為什麼在這裡？
我在找一個人。
我很想見到那個人。
那個人是我最重要的人。
比任何人更重要。
為什麼？為什麼我什麼都想不起來？
我茫然地站在那裡，阿研叫我：「日菜？」
淚水流下。但是我為什麼哭？
不知道。雖然不知道，但淚流不止。
「我忘了……」
淚水從眼角不停地滑落。
「我竟然忘記了……」
我明明不想忘記，明明不可以忘記，但我無論如何都想不起那個人。
我想不起那個人的名字、長相、聲音，和曾經對我說的話，什麼都想不起來。

我哭了。我想不起那個對我很重要的人，那個人從我的內心消失讓我悲傷又痛苦，我放聲大哭起來。

阿研為我撐著雨傘，緊緊抱住我。

「不要哭。」

「阿研……」

「有我在，妳不要哭了。」

阿研也哭了。

「我之前不是對妳說過嗎？看到妳哭，我會無法忍受，所以不要再哭了。」

「……」

「我會永遠陪伴在妳身旁。」

無數的淚水在雨中滴落，心愛的人隱約留在我內心的溫柔殘像漸漸消失。我感受到心愛的人漸漸離開我的內心，悲傷不已。

我繼續流著眼淚。

在淅淅瀝瀝的雨中，我一直、一直流著淚……

尾聲　兩人下的雨

我在這裡工作已經有十四個年頭，因為對工作不太熟悉，經常不知所措，但最近覺得自己穿喪服也有模有樣了。

映照在玻璃窗戶上的臉很緊張。這是理所當然的事。因為今天是那個日子……

輪迴綜合核定部『能登組』的房間很大，正中央有一張大圓桌，牆邊有一整排七層書架，南側的窗邊有一個小茶具櫃，我打開了放在茶具櫃上的義式濃縮咖啡機的開關。

我目前的工作是和死者面談，消除他們的緊張和不安，核定他們的靈魂。所有死者都很緊張，很多人無法接受自己死亡的事實，暴跳如雷。說這種話的我，第一次來這裡時也驚慌失措，還用椅子砸窗戶，我完全能夠體會他們的心情。

我泡的咖啡味道差強人意。在這裡不能太挑剔，可以喝到義式濃縮咖啡，就該謝天謝地了。這台咖啡機是明智轉送給我的，但他現在並不在這裡。在我成為嚮導的同時，他因為人事異動，被調去內部刊物的編輯部。那是一個閒職，聽說明智似乎違反了什麼規定，但是沒有人告訴我到底他做了什麼。冷靜聰明的明智竟然會犯這種錯，一定是有什麼很重要的原因。

當我喝完咖啡，情不自禁嘆口氣。這是來這裡之後的習慣。每次喝這種無味的濃縮咖啡，都會情不自禁地陷入鄉愁，想起她以前為我泡的咖啡真好喝。照理說既然這麼嫌棄，不喝就好了，但還是忍不住想喝。我持續喝著難喝的濃縮咖啡，就像我始終無法忘記她。我就像是無法忘記舊情人的可悲男人般沒出息，但這是連結我和她之間唯一的媒介。

「──喂，小鬼。」

回頭一看，門打開了，能登走進來。十四年過去，她完全沒有改變，仍然是像少女般的臉，剪著妹妹頭。但最近似乎換了一件新的喪服，她似乎很喜歡這件有領子的雪紡紗假兩件洋裝。

「對了，我聽說共享生命要廢止了。」

我把茶杯放在能登面前。倒茶由我這個最資淺的人負責。

「共享生命根本不能稱為奇蹟，高層似乎做出了這樣的判斷。」

「為什麼現在做出這樣的決定？」

「不知道，你不必在意這種事，初出茅廬的學徒只要乖乖做事就好。」

「好過分，我只是有點好奇嘛，不必把話說得這麼難聽。」

我垂著嘴角，在能登的身旁坐下，然後突然有一種懷念的感覺，笑著說：

「但是對我來說，共享生命真的是奇蹟。」

能登停下舉著杯子的手。

「雖然有很多痛苦，但對我來說，那段日子真的是奇蹟。原本我們應該就這樣死了，卻得到繼續活下去的機會。也因為有這樣的機會，讓我瞭解到重要的事，像是幸福的意義之類的事。」

「這樣啊……」能登看著茶杯，輕輕微笑著。

回想起和她共度的日子，至今仍然會感到難過。她是我人生的一切，即使我們共同生活的記憶逐漸淡忘，但我仍然清楚記得她的笑容，那是我最愛的、像太陽般的笑容。

——不要忘記我。

妳曾經這麼對我說。我至今仍然信守承諾。雖然當初的約定已經失效，但我獨自緊抓不放，在難喝的濃縮咖啡中，尋找著和妳之間的回憶。

權藤先生進入房中，他今天也打算和大家閒聊。

「共享生命廢止了！能登，是因為妳和高層交涉的關係吧⁉妳之前在負責個案時，就一直向高層反映，那種東西根本稱不上是奇蹟，對吧？」

「閉嘴，要開朝會了。」她站起來，似乎並不希望別人追問這件事。

能登為了我們，向高層反映要停止共享生命。因為她認為奇蹟一旦結束，我們就可以擺脫相互爭奪生命的命運。原來她一直在向高層交涉……

她是一個出色的人。雖然起初覺得她的態度盛氣凌人，很讓人生氣，但現在發自內心很慶幸遇到她。

「這是今天的死者名單，你們確認一下。」能登把紙交給我們。

今天要負責面談的死者人數很多。除了我們以外，核定部還有很多組別，但仍然忙不過來。核定靈魂需要發揮毅力，必須確認死者走過的人生中的每一件事，根據規定計算出分數，需要耗費相當的勞力和時間。

我的目光停留在名單中第三個名字上。

是日菜……

名單中有她的名字。負責面談的人是——

「由我負責嗎？」

「小鬼，你有什麼意見嗎？」

「不是禁止奇蹟對象在死後見面嗎？」

「你只要閉嘴乖乖做事就好。」

「不，但是……」

「啊，吵死了，雨宮！」權藤用力拍著我的背，「廢話少說，就由你負責面談！我還想讓你多負責幾個人，你別想發發牢騷，就趁機把人都推給我。」

「我並沒有這個意思。」

「那就這麼決定。能登，搞定了。」

權藤說完，露齒一笑。他推了我一把。

但我完全沒想到竟然由我負責……

我心潮起伏。可以再度見到日菜的喜悅和不安在內心翻騰。同時又為她死亡一事感到悲傷。我來這裡之後，第一次感到這麼六神無主。

面談在上一個樓層的『面談室』進行。我把必要的資料夾在腋下走上樓梯。我的腳步很沉重。沒想到第一個面談者竟然就是日菜。

「——誠。」

走下樓梯的明智向我輕輕舉起手。

「終於等到今天了。」

「你知道由我負責日菜嗎？」

「我猜想應該是這樣。如果我是能登，也會做相同的事。」

「但我沒有自信能夠正確核定。」

「有什麼關係呢？你有資格為她進行面談。不，應該由你為她面談。能登小姐也這麼認為，因為是你守護了日菜的生命。」

明智的話令我產生勇氣。

「她剛才還很慌亂，現在已經平靜下來了。」

明智把手放在我肩上。

「希望你不要留下遺憾。」

我收起下巴點點頭。明智走上樓梯，我忍不住叫住他。

「呃，可以請教一件事嗎？十四年前，你為什麼被調走？我難以想像你竟然會違反規定。」

明智哈哈大笑起來，然後很乾脆地說：「這麼久遠的事，我早就忘了。」

我正想追問，明智打斷我。

「這件事不重要，你趕快去日菜那裡。」

來到面談室前，我用力深呼吸。

她就在裡面。日菜就在這道門內。這麼一想，心臟就在肋骨下劇烈跳動。血流加速，呼吸急促。我緊張得可以聽到自己的心跳聲。我拿著資料的手用力，敲了三次門，才緩緩轉動門把。

長方形的小房間內只有木頭桌椅。雖然是連架子都沒有的簡約空間，但想到她在這裡，就覺得是一個特別的地方。她背對著窗戶坐在那裡，從縱長形的窗戶照進來的陽光在她臉上形成陰影。我一看到她，心臟就用力跳動。

雖然她稍微有點年紀，但仍然保有當時的影子。

她變漂亮了……

日菜變成這麼美麗又出色的女人。這件事既讓我感到高興，又產生了一絲惆悵。無法在她身旁見證她人生的悲傷籠罩內心，但是，我再度見到她。這是此刻最令我高興的事。

「……你是？」

她的聲音一如以前。略微帶一點鼻音，我感覺到她令人酥麻的柔和聲音打開了我記憶的蓋子。她對我說的許多甜言蜜語在腦海中浮現。

但是，她不記得我了。她生疏的眼神令我痛苦。我基於職務，不能向她透露自己的身分。這是規定。我當然也無意告訴她。

「我是嚮導雨宮誠。」

我在她對面坐下，打開活頁夾，確認她的名字。

「妳叫畑中日菜，對不對？」

「是的。」日菜有點害怕地點點頭。

畑中……所以日菜之後和阿研結了婚。

「不用擔心，」我對日菜揚起笑，「我相信妳一定感到不安，但是請放心，沒有任何會讓妳害怕的事。」

「請問……我是不是死了？這裡是哪裡？」她誠惶誠恐地問我。

「很遺憾，妳今天清晨因心肌梗塞死亡。這裡是靈魂管理中心，負責管理所有動物的靈魂。簡單地說，這裡就像是『三途川』。接下來要核定妳的靈魂。」

「核定靈魂？」

「核定的結果將決定妳要去哪裡輪迴。別擔心，只是問一些簡單的問題。」

我停了一下，對日菜輕輕微笑。

「妳可以談論一下妳的人生嗎？」

我想知道妳之後的人生，我想知道妳幸不幸福。

希望妳走過了幸福的人生……

她對我訴說著自己的人生。在她讀小學時，母親離家出走，父親在她高中畢業時離世。她在『雨滴』工作，在那裡遇見了緣姊。但是她沒有提到我的名字，在她的人生足跡中，找不到我的影子。

在那之後，日菜和阿研結婚，生了兩個孩子，一家四口住在湘南。在緣姊離開之後，她獨自守著『雨滴』。

「──問題都問完了。」我闔起活頁夾，「對了，死者有一項特別待遇，可以在現世下一場雨。」

她揚起嘴角微笑。

當她微笑時看起來比較年輕，我想起自己熟識的日菜。

「感覺就像是『愛的淚水』。」

我憶起她當時的笑容。第一次見到她時，她臉上的笑容。

「雨水是有人想著心愛的人所流下的『愛的淚水』。」

在我愛上妳的那個雨天，妳也說了相同的話。我心潮澎湃，內心湧起一股暖流。

我輕輕微笑。

「瀟瀟淅淅五月雨，卻是思君愛之淚。」

「啊，這首詩歌，我也超喜歡！天使先生，沒想到你竟然知道。」

「這是對我很重要的人和我分享的，當時她看著雨……」

「真是美好的回憶。」日菜露出微笑。

「對，很美好，是我的寶物。」

那是和妳的共同回憶，是和妳相愛的美好記憶。

那是我無可取代的寶物，至今難以忘記……

「妳幸福嗎？」

「啊？」

「妳的人生幸福嗎？」

「幸福。」她用清晰的聲音回答，「我的父母很早就離開我，我和家人的緣分很淺，但我得到很多人的關懷，彌補了這方面的不足。在『雨滴』結交的緣分是我的寶物，大家填補了我失去父母的寂寞。」

是啊，因為有那家咖啡店，我們才能相遇。

「而且我結了婚，有自己的家庭。我剛才說了，我丈夫是和我從小一起長大的玩伴，讀書的時候，完全沒有把他視為戀愛對象，但和他之間好像有難解之緣，我覺得和他在一起應該能夠得到幸福。雖然他很單純，脾氣也很暴躁，但是個溫柔體貼的人。」

原來阿研很愛妳……

「最重要的是孩子們很可愛，姊姊很像我丈夫，個性很強，弟弟是個愛哭鬼。雖然需要費很多心思，但他們是我最心愛的寶物。雖然在他們長大成人之前就死了有點遺憾，但遇見他們，是我這輩子最大的幸福。」

日菜露出笑容時，淚水在眼眶中打轉。

太好了，真的太好了。妳終於得到了。

妳終於得到了夢寐以求的家庭幸福……

「而且我還有另一個重要的寶物。」

「那是什麼？」

「房子。我住的房子超棒。」

「房子？」

「嗯嗯，是我年輕時住的老房子的房東後來建造的房子，圓形廣場周圍有七棟房子，就像一個小型社區。」

我的內心熱血沸騰。

「看到建好的房子時，我立刻意識到，我來到人世，就是為了住在那裡。雖然我也不瞭解原因，但我產生了這樣的感覺。當我打開玄關的瞬間，立刻淚流不止……能夠住在那棟房子，我真的很幸福。」

日菜瞇起眼睛，溫柔地微笑。

「不，不光是我，我相信對住在那裡所有的人來說，那些房子都成為無可取代的地方，大家的生活都很快樂。」

我無法繼續保持笑容。

「假日的時候，孩子在家門前的廣場上玩耍，有時候玩鬼抓人，有時候玩躲貓貓。在家裡也可以聽到他們歡快的聲音，就會由衷地感到幸福……啊，房子旁的涼亭很厲害！下雨的時候，滴落在水瓶裡的雨滴會變成音樂，不同時候下的雨，會奏出不同的音色，完全沒有任何相同的音色。」

我的淚水不禁流下。

「那個地方讓我知道，下雨並不是悲傷的事。」

是明智。一定是他保護了那些設計圖，在我消失之後設計圖才沒有跟著消失。他設法在我消失之後，保留那個地方。他是因此才被調職嗎？他為了守護我們的夢想，不惜賭上了自己的前途。

「天使先生……」

日菜看著流淚的我大吃一驚。

我的夢想已經實現……

我希望日菜幸福，希望為她打造一個可以和他人交流的地方，希望日菜能夠在這樣的環境下度過幸福的人生。我把夢想之家送到日菜手上，我打造出讓居住在那裡的人認為是無可取代的地方。

那裡留下了我活過的證明。

「……那就下吧。」

「啊？」

「讓那裡下雨吧。」

「……」

「妳的孩子一定會發現，這是媽媽下的雨，一定可以傳達給他們……」

「好！」她開心地笑了。

即使我已經消失，那個地方以後也會讓很多人產生交集。日菜留下的生命，和我留下的那個地方，一定可以為別人帶來幸福。所以要下一場雨，即使只是零星的雨，或許仍能夠成為滋潤他人心靈的恩澤雨，也許可以成為愛的淚水，讓世界上的兩個人產生交集。我們活過的證明，我們的戀愛一定可以讓這個世界上的某些東西產生交集。

要帶著所有的心願下這場雨。

把這場戀愛變成全世界最美的雨……

面談結束後，我們來到走廊上。沿著這條走廊走到底，日菜的靈魂就走向淨化，刪除她所有的記憶。

「雖然時間很短暫，謝謝你和我聊天。雖然死了之後很不安，但很慶幸是天使先生負責和我面談。」

「我不是天使。」

「啊，對了，你剛才有說自己的名字。呃……」

「我叫雨宮誠，大家都叫我——看看。」

我說了謊。只有妳用這個名字叫我。

「好奇怪的名字。」她掩著嘴，呵呵笑了。

「但我很喜歡這個名字，那是我最愛的人為我取的綽號。」

多麼希望可以再次聽妳用這個名字叫我，希望妳像當時那樣叫我「看看」，最後再叫我一次。

日菜微笑，臉上出現酒窩，露出虎牙，像小孩子一樣笑了起來。

那是我最愛的笑容，曾經帶給我滿滿幸福的笑容。

「看看，謝謝你……」

就在這時，日菜的右眼流下一行淚水。

她為自己的淚水感到驚訝。

「為什麼……」她感到不知所措。

她努力想要笑，但淚水不停地流。

「真奇怪，我為什麼突然哭了……為什麼……」

淚水濕了她的臉頰。

「對不起，怎麼會這樣？我真的並沒有感到難過……但是……」

日菜流著淚，露出微笑。

「但是……我有一種充滿懷念的感覺……」

妳一定記得。即使妳忘了我，忘了我們共度的日子，但妳的心記住了。妳的心隱約記得妳曾經叫我的名字，記得曾經喜歡我的感情。

我感到自己得救。我交出生命，從日菜的內心消失，在這個沒有生命和感情的地方度過多年，所有的一切都在這一刻得到回報。

我想起來了。

我想起以前聽過的話。

和心愛的人共同生活，只需要兩句話。

對不起和謝謝。

日菜，對不起，造成妳很多傷害；對不起，我讓妳難過；對不起，我對妳發脾氣；對不起，我讓妳感到寂寞；對不起，我經常感到沮喪；對不起，讓妳經常安慰我；對不起，我無法和妳一起活下去……

她向我揮揮手，邁開步伐。

我看著她的背影，一行淚水情不自禁流下。

那是思念日菜的、愛的淚水。

我也轉身，但隨即停下腳步，再度看著她，然後小聲對著她漸漸遠去的背影說話。

日菜……
謝謝妳喜歡我，
謝謝妳實現了我的夢想，
謝謝妳和我一起走過那段日子。
真的真的——
「謝謝妳……」
我擦拭著眼淚，露出最燦爛的笑容。
「再見，日菜。」
我再度邁步。
再也沒有回頭。

完

春日
ハルヒブンコ
文庫
101

這場戀愛是全世界最美的雨

この恋は世界でいちばん美しい雨

這場戀愛是全世界最美的雨/宇山佳佑作；王蘊潔譯. --
初版. -- 臺北市：春天出版國際文化有限公司, 2021.12
面； 公分. -- (春日文庫；101)
譯自：この恋は世界でいちばん美しい雨
ISBN 978-957-741-476-2(平裝)

861.57 110017579

ISBN 978-957-741-476-2
Printed in Taiwan

作　　者　宇山佳佑
封面插圖　LAL!ROLE
譯　　者　王蘊潔
總 編 輯　莊宜勳
主　　編　鍾靈

出 版 者　春天出版國際文化有限公司
地　　址　台北市大安區忠孝東路4段303號4樓之1
電　　話　02-7733-4070
傳　　眞　02-7733-4069
E－mail　bookspring@bookspring.com.tw
網　　址　http://www.bookspring.com.tw
部 落 格　http://blog.pixnet.net/bookspring
郵政帳號　19705538
戶　　名　春天出版國際文化有限公司
法律顧問　蕭顯忠律師事務所
出版日期　二〇二一年十二月初版
　　　　　二〇二三年二月初版六刷

定　　價　440元

總 經 銷　楨德圖書事業有限公司
地　　址　新北市新店區中興路二段196號8樓
電　　話　02-8919-3186
傳　　眞　02-8914-5524
香港總代理　一代匯集
地　　址　九龍旺角塘尾道64號 龍駒企業大廈10 B&D室
電　　話　852-2783-8102
傳　　眞　852-2396-0050